nya

ニャ文庫

気高き皇子の愛しき奴隷

御堂志生

イースト・プレス

contents

プロローグ

『このままですと、確実に殺されますぞ!!』

出発直前、寝所を訪れた老侍従《ろうじじゅう》が切羽《せっぱ》詰まった様子で口にした言葉だ。

アスラーンは他人事のように応じたことを思い出す。

『何を今さら。生まれたときから、危険でなかった日など一日もない』

『いいえ、今度ばかりはサバシュ殿下も本気です。このテティス島遠征《えんせい》でアスラーン殿下を亡き者とし、その責任をティオフィリア王国に押しつけるおつもりなのです！』

言うなり、老侍従は両膝をついた。

『サバシュ殿下に同行すると見せかけ、途中で逃げるのが最善の策です。どうか……この年寄りの願い、切《せつ》にお聞き届けくだされ！』

アスラーンの両手に縋《すが》りながら、幼いころから教育係として面倒をみてくれていた彼は泣き伏したのだった。

（あれから、もう十日か）

老侍従の進言を受けたのは王都を発《た》つ前夜のこと。

そのまま陸路を経て、港から兄のサバシュが指揮を執《と》る軍艦に同乗し、メソン海に浮かぶ小国ティオフィリアの統治するテティス島に着いたのが昨日。

そして今日の昼、兄の代理としてアスラーンはテティス城を訪れた。

サバシュは弟のためと言い、護衛兵を二十人も付けてくれた。それも彼の配下の中では精鋭ばかり。意味することは、たったひとつしかない。

命を狙われるとすれば、おそらく今夜――。

この世に生を享《う》け十八年。誰からも望まれずに生まれ落ち、何度となく命を狙われながら、どうにか生き延びてきた。だが、そろそろ悪運も尽きるようだ。

エウロペ大陸の一部から北ファリカまで広大な領土を持ち、無敵と呼ばれるルザーン帝国、第九代皇帝《スルタン》セルカン二世の第二皇子。アスラーンの肩書きは立派なものだが、もう一度同じ人生を歩めと言われたら……。

「二度とごめんだな」

小さな声で口にした。

アスラーンは窓際に立ち、貴賓《きひん》室と言われて通された部屋の窓を、ガタガタと音を立てながら力任せに開く。

入ってすぐに腰を下ろした寝台も、古いせいか不快な音を立てるばかりでとても横になる気にはなれない。彼にすれば目新しい異国の調度品も、触れたら壊れそうなものばかりだ。

ルザーン帝国とティオフィリア王国では、圧倒的な戦力差がある。これでは象が蟻《あり》を踏み潰すようなものだ。そもそも、これほどまで貧しく小さな島国を攻め落とすために、皇子がふたりも出撃する必要はない。

サバシュは皇帝から、ティオフィリアの国王に降伏勧告をするよう指示されてきたはずだ。その役目を持病の痛風《つうふう》を言い訳にアスラーンに押しつけた。

一方、ティオフィリアの国王は、敵国の使者であるアスラーンを下にも置かぬようにもてなしてくれた。その態度からも、国王は間違いなく降伏を選択するだろう。

だがここで、アスラーンが死ねばそうはいかない。

国王は開戦を選んだことにされ、周囲に停泊した軍艦から集中砲火を浴び、この小さな島はあっという間に戦火に包まれてしまう。

(だから、なんだ。自分が死んだあとの世界にまで、責任が持てるか！)

彼は不当ともいえる罪悪感に、わざわざ心の中で反発した。

直後、アスラーンは苛々《いらいら》をぶつけるように、窓の外に向かって叫んだ。

「おい、いい加減に姿を見せないか！」

すると、真っ暗な庭の奥からガサガサと音が聞こえた。

「目当てはわかっている。ただ、誰の命令か、それくらい聞かせてくれてもいいんじゃないか？」

聞いてどうなる、と思わないではない。だが、どうにもならないなら、はっきりとサバシュの名前を聞いてから死にたい。

だが――。

「違います！　誰の命令でもないんです。わたしひとりで考えたことなの。本当よ。本当なんだから！」

そう叫びつつ、木陰《こかげ》から飛び出してきたのは、年端《としは》もいかぬひとりの少女だった。


アスラーンは落ちつきを取り戻すと、少女を部屋の中に招き入れた。

蝋燭《ろうそく》の灯りの下で見ると、少女は実に愛らしい顔立ちをしていた。長くまっすぐな髪は栗色をしていて、左右に分けて縛ってある。こちらをみつめる若葉のような瑞々しい緑色の瞳は、一瞬でアスラーンの心を魅了した。

彼は苦笑いを浮かべながら質問する。

「これは王の歓待《かんたい》かな？　いささか若過ぎる気がするが……いくつだ？」

「八つ……ですけど」

その返答は彼に大きな脱力感を与えた。

たしかに、上背は彼の腰ぐらいしかない。よくよく見ると、少女と言うより、あどけない幼女と評するべきだろう。

いくら国の命運がかかっているとはいえ、八歳の子供に夜伽《よとぎ》は務まらない。

「まったく！　この城は、こんな幼子《おさなご》でも忍び込める警備体制なのか？　おい、ここは危険だ。罪には問わん。すぐに立ち去れ」

物乞いを追い払うような仕草で、アスラーンは彼女を遠ざけようとした。

「待ってください！　わたし、エヴァンテ・ティオフィロスと言います。あなたは帝国の皇子様なのでしょう？　お願いがあってきました。どうか、わたしの話を聞いてくださ い!!」

「エヴァンテ？　ひょっとして、この国の姫君か？」

ティオフィリア王国にはひとりの王子とふたりの王女がいる。

王女なら城に住んでいて当然だ。とっさに思いつかなかったのは、彼女の着ている服のせいだった。

白い麻のスカートは清潔そうではあったが、レースのひとつも付いていない。お世辞にも上等な品とは言いがたく、身なりだけではとうてい王女とは思えなかった。帝都の基準なら、せいぜい裕福な商人の娘、といった辺りだろう。

「はい、そうです。わたしたちは、ルザーン帝国に逆らったはりしません。皇帝陛下の言うとおりにしたら、国を焼け野原にしたり、国民を殺したりしないって聞きました。お父様はそれなら降伏するって言っています。だからどうか、わたしたち家族を殺さないで。お兄様が、絶対にみんな殺されるって……だから、わたしだけでも逃がすと言うの。でも、わたしだけ助かるなんてイヤです」

「エヴァンテ姫……それを、敵国の皇子である私に告げてどうする？」

八歳とはいえ、迂闊《うかつ》にもほどがある。

これが兄のサバシュであったなら、この場でエヴァンテを捕まえ、王妃と姉王女を生きたまま手に入れるための人質に使うはずだ。

だが、予想外にもエヴァンテは満面の笑みを見せたのだった。

「だって、皇子様は優しいもの！　わたしのキュクノスを助けてくれたわ」

「……白鳥《キュクノス》？」

「白い犬よ。名前はキュクノス。身体は大きいけど、まだ仔犬《こいぬ》なの」

「ああ、あの犬か」

言われて思い出す。

小高い丘に建つ城への道で、アスラーンたちの前に狐ほどの大きさの犬が一匹飛び出してきた。護衛兵たちはこぞって剣を抜こうとしたが、それを見た彼はとっさに犬を蹴《け》り飛ばしたのだ。犬はキャンキャンと鳴き声を上げながら、茂みの中に逃げていった。

「他の兵隊さんはあの子を斬ろうとしたでしょう？　でも、皇子様が蹴ってくれたおかげで、キュクノスは殺されずに済んだの。だから、皇子様にお願いしたら、わたしたちのことも助けてくれるんじゃないかって」

キラキラしたエヴァンテの瞳を見て、アスラーンはドキリとした。

まさか、こんな幼子に本心を見抜かれているとは思ってもみなかった。ほんの一瞬だけ顔を強張《こわば》らせ、すぐに飄々《ひょうひょう》とした表情に切り替える。

「たしかに、蹴り飛ばしたのが犬なら、逃げても追いかけはしない。だが、人間となるとそうはいかない。とくに、一国の王族ともなれば、簡単に逃がしては命取りになる」

そう言うと、彼女は瞬く間に泣きそうな顔をした。

「でも……でも……次は皇子様が皇帝になるのでしょう？　皇帝陛下は強くて偉いのでしょう？　だったら、わたしたちのことも助けてもらえると思って……」

トクン、と胸の辺りがざわめいた。

エヴァンテの言葉は子供じみた愚かな考えだ。犬を助けるような者が、帝位に就くことなどあり得ない。犬どころか人間であっても、笑って斬り殺せる者でなれば帝位など望むべくもない。

そう、たとえば、異母弟とはいえ血の繋がった弟ですら簡単に殺せるような……。

アスラーンはエヴァンテの視線から逃れようと背中を向ける。だが、彼女は走って前に回り込んだ。

「お願いします！　どうか、お願いです。わたしに……わたしにできることなら、なんでもします！　どんなことでもしますから……だから」

「どんなことでも？　たとえば？」

どうせ叶えてはやれない望み。聞くだけ、と思いつつ……トクントクンとしだいに鼓動は速くなる。

「えっと……歌とか、踊りとか苦手だけど……あ、髪を結うのは得意なの。お姉様の髪を、毎日結っているのよ……でも、皇子様には必要ないですね」

うなだれるエヴァンテの顎《あご》に手を添え、上を向かせた。

異国の男に顔に触れられたことで恐怖を感じたらしい。胸の前で握り締めた小さな指は、プルプルと震え始める。その怯《おび》える仕草は、わけもなく彼の心に焦燥感《しょうそうかん》を与えた。

アスラーンは彼女がさらに怯えることは承知で、八歳の子供に悪魔のような問いかけをする。

「いいだろう。では、おまえのすべてを私に捧《ささ》げろ。命も未来も、そのすべてを！　ならば願いごとを聞いてやる。ただし、助けられるのはひとりだ。誰を助けて欲しい？　おまえ自身でもいいぞ――死にたくはないだろう？」

エヴァンテの口から「死にたくない」という答えを聞きたかった。こんな子供でも、一番可愛いのは自分だ。いや、子供だからこそ正直なのだ、と。

アスラーンの心臓は壊れそうなほど激しく鼓動を刻む。

彼女の口がゆっくりと開くのを食い入るようにみつめていた――。

第一章　愛しき奴隷《どれい》

エヴァの一日は水汲《く》みから始まる。

この町を流れるたったひとつの川から水を汲み、与えられたふたつの桶《おけ》を満たすと、肩に担《かつ》いで宮殿に戻る。

「エヴァ！　まったく、おまえは何をやってるんだい！　毎朝のことなのに一向《いっこう》に手早くならない。本当に愚図《ぐず》な娘だね」

女奴隷《ジャーリヤ》たちの最後尾を歩くエヴァに向かって、女奴隷長のチャウラが怒鳴った。

水汲みはエヴァひとりの仕事ではない。大勢の女奴隷たちが連なって歩くのだが、叱られるのはいつもエヴァだ。

「はい。すみません」

「一滴《いってき》でも零《こぼ》したら、朝食抜きだからね。とっとと歩きな！」

浅黒い肌のチャウラは二十代後半、くすんだ金髪と濃灰色の瞳をしており、非常に官能的な体形をしていた。彼女は帝国軍人が黒い肌の女奴隷に産ませた娘だった。

帝国で黒い肌をした奴隷は最下層の身分になる。

男ならガレー船の船底に押し込まれ船を漕《こ》ぎ続けるか、戦場で死体から武器を回収するか……どちらにしても死ぬまで逃れる術はない。女であれば下級兵士相手の性奴隷だ。

母に似て浅黒い肌をしたチャウラも性奴隷となるはずだった。

だが、幸運なことに彼女は士官だった父の口添えをもらい、皇帝が所有する宮殿のひとつで働くことを許された。

今から十年前、皇帝の第一皇子サバシュが皇太子に決まった。サバシュが住んでいたのは帝都から馬で約半日、ギュライの町の中央に位置するヒューリャ宮殿。そこが皇太子の宮殿と呼ばれるようになる。

同時に、サバシュに忠誠を誓った第二皇子のアスラーンは、ヒューリャ宮殿を守るように建てられたスーレー宮殿を皇帝から賜《たまわ》った。

そのスーレー宮殿こそが、チャウラが働いていた宮殿。それは彼女の従うべき主人が、アスラーンに定まったことを意味していた。

白い肌をした女奴隷はその美貌で皇帝や皇子たちの後宮《ハレム》に入り、愛妾となることも可能だ。しかし、どれほど美しくとも、黒い肌の女奴隷が彼らの後宮に呼ばれる可能性はゼロに近い。でも〝アスラーンなら〟ゼロではないかもしれない。後宮に入れず、女奴隷のまま死んだ母を持つアスラーンなら、あるいは……。

そんな期待をしてアスラーンを待ち侘びていたチャウラに、到着するなり彼は命じた。

『ティオフィリアから連れて来た、奴隷のエヴァアだ。この宮殿で預かることになった。

しっかりと面倒をみてやれ』

アスラーンはチャウラにエヴァを押しつけ、彼女の自慢の身体には一瞥もくれなかったという。

『だから、チャウラ様はおまえを苛《いじ》めるんだよ。可哀想にね、エヴァ。でも、おまえを庇ったら、あたしたちまで食べさせてもらえなくなっちまう。堪忍《かんにん》しておくれよ』

何年前だったか、今はもういない年老いた女奴隷から教えてもらったことだ。

今朝にしても、とくにエヴァが遅れているわけではない。だが、透き通るような白い肌を持ち、アスラーンから特別に目をかけられている少女がどうしても許せないらしい。

彼がいないときの扱いはとくに酷《ひど》く、この日エヴァは朝食だけでなく、昼食も食べさせてもらえなかった。


祖国ティオフィリア王国の終焉《しゅうえん》から早十年。

ふたりの王女、オルティアとエヴァンテは新しく帝国領となったテティス島に住む人々の帝国への忠誠の証《あかし》――人質として帝都に連れて来られた。ふたりはすぐに引き離され、オルティアは皇太子の後宮に入れられた。

一方、エヴァンテは王女の身分を失い、女奴隷エヴァの名前を与えられた。それ以来ずっと、ギュライの町はずれにあるスーレー宮殿で暮らしている。

スーレー宮殿の主人アスラーンは戦争が起こると数ヶ月は戻ってこない。今も、海軍を率いてメソン海に遠征に出ている。最大の敵であるクセニア帝国に従う騎士団の本拠地を攻撃中だという。

アスラーンの率いる軍はとても強くて、負け知らずだと言われるが、戦場では何が起こるかわからない。

(アスラーン様が無事に戻られますように……そしていつの日か必ず、お姉様と一緒にティス島に戻れる日がきますように)

エヴァは毎日、彼女の信じる神に祈っていた。

スーレー宮殿は、外廷《ビルン》と内廷《エンデルン》、後宮の三つに分けられる。帝国内の宮殿は規模こそ違うが、どれも同じ造りだ。そして主人の私室は内廷と後宮の境に造られていた。

エヴァの役目はアスラーンの身の回りの世話だった。

水汲みが終わったあと、彼を起こすところから始まり、衣服を調《ととの》えて着替えの手伝いをし、用意された食事を部屋に運ぶ。

日中、アスラーンが内廷にいるときは、常に命令の届く位置に控《ひか》える。彼が出かけたあと、私室や同じ建屋《たてや》にある浴場《ハマム》の掃除をするのだ。

浴場は主人が望むときに、いつでも入れる状態にしておかなければならない。入浴の際には彼の身体を洗い、夜着に着替える手伝いをして、エヴァの一日は終わる。

彼女の一日はアスラーンを中心に回っている。だからこそ、彼が長期間不在のときはやることがない。チャウラに怒鳴られながら、ひたすら内廷の掃除をして過ごす以外になかった。

アスラーンに尽くすことはつらくない。一番つらいのは、彼に会えなくなることだ。想像するだけで不安になり、エヴァは浴場の大理石《だいりせき》を磨《みが》く手を止めてしまう。

「何やってんだい、エヴァ！」

「はい、すみませんっ！」

条件反射で謝ってふたたび磨き始めるが……背後でアハハッと笑い声が聞こえ、慌てて振り返った。

「ミュゲ！　もう、びっくりさせないで」

浴室の入り口に、焦げ茶色の髪をひとつに縛った少女が立っていた。

目尻の吊り上がった瞳は生意気そうに見えるが、前向きで明るい彼女の性格をよく表している。ミュゲはエヴァより二歳下の十六歳。しかし、エヴァに比べると背が高くて体格もよい。それに最近では、少しずつ女の色気を漂わせつつあった。

「ごめん、ごめん。その代わりに、はい」

「まあ、桃《シェフタリ》じゃない。どうしたの？」

内廷の庭には桃をはじめ果実の生《な》る木がたくさんある。だが、そこに生った桃を取って食べることは許されていなかった。

奴隷に限らず、アスラーンから許可をもらわないと、料理長といえども勝手に使うことはできない。

だが、自然に落ちた果実の実は料理長が自由にしてよいという規則があった。

おそらくこれも地面に落ちたものなのだろう。ミュゲから手渡された桃をしげしげと眺めながら、そんなことを考えていた。

「ブルト爺《じい》さんがくれたのよ。チャウラがまた、エヴァを食事抜きにして苛めてるって言ったら」

ブルトとは料理長のことだ。

ミュゲとは祖父と孫ほど歳が離れている。しかし、裏表がなく人懐こいミュゲとは気が合うようだ。二年前に宮殿にやって来たミュゲだが、十年も暮らすエヴァより、よほどみんなと楽しそうにやっている。

少し羨ましくもあったが、エヴァもミュゲが大好きだった。

「チャウラさんのことを呼び捨てにしたらダメよ。聞かれていたら、あなたまで食べさせてもらえなくなるんだから」

「もちろんわかってるわ。だってチャウラは、内廷侍従の愛人だものね」

「ど、どうしてそんなこと⁉　誰から聞いたの？」

「みんな言ってるわよ。そんな理由でもなきゃ、エヴァを苛めてることが、とっくの昔にアスラーン皇子のお耳に入ってるはずだって。エヴァが優しくて何も言わないのをいいことに、ホント卑怯《ひきょう》なんだから！」

思い起こせば、チャウラの苛めは十年前に始まった。

最初は誤って水をかけられたり、突き飛ばされて転んだり、たわいないことばかりだった。だが、戦地から帰ってきたアスラーンにエヴァがそのことを言いつけないとわかると、苛めは少しずつ酷くなっていき……。

「優しいから黙っているわけじゃないわ。ただ、チャウラさんにも事情はあると思うから」

宮殿で働く女のほとんどが奴隷の身分だ。しかも、大多数が後宮の中で働いている。内廷で働く女たちの中に、チャウラのような年代の女はひとりもいない。

後宮の中で暮らす女たちは、全員が宮殿の主人のものとなる。ひとりの例外なく、身体を求められたら応じなくてはならない。

そして無事に夜伽を務め終えれば、仮に一夜であっても愛妾《イクバル》と呼ばれることになる。

さらには、そのとき処女であったことが認められたら、妾妃《ハセキ》という妻同然の地位をもらえるのだ。それは後宮にいる限り、生涯に亘《わた》って夫の庇護を受けることのできる権利となる。

子供がいたり、その子供が男子だったりすることで地位は変わってくるが、女奴隷にとって目標は妾妃だろう。

ただの愛妾では家臣に下げ渡され、奴隷としてこき使われる暮らしに逆戻りとなったり、主人が飽きたら後宮を追い出されて路頭に迷ったりする。だが、妾妃であればまずその心配はない。

エヴァは複雑な思いを込めて、内廷と後宮の間にそびえ立つ、高い壁を見上げた。

スーレー宮殿の後宮に何人の愛妾や妾妃がいるのかはわからない。人数や名前も明らかにされていないのは、女たちの安全のためと聞いたことがある。

そして、この十年間で何人もの女奴隷が、大人の女になったと聞くなり、後宮の門をくぐって行った。

「あー、あたしも早く大人の女になりたいっ！　後宮勤めになったら、あのチャウラに従わなくてもいいんだもん。けっこう、胸も大きくなったと思うんだけどなぁ。なんで月の物が始まらないんだろう」

ミュゲも高い壁を見ながら、背伸びするように両手を上に伸ばした。

ルザーン帝国の神は、生殖を目的としない男女の交わりを禁じている。月の物がない少女との性交は、神に逆らう大罪なのだ。

〝後宮の中で暮らす女たちは、全員が宮殿の主人のもの〟――その決まりを順守《じゅんしゅ》するため、後宮に勤めることができるのは月の物を迎えた大人の女のみと定められている。

この国の少女が大人の女になる年齢は平均して十六歳。エヴァの年齢――十八歳になれば、だいたいの少女が月の物を迎えていた。

「ミュゲは……後宮に入りたいの？」

エヴァはドキドキしながら尋ねた。

するとミュゲは、何を今さらといわんばかりの顔で、「もちろんよ」と答える。

「そうよね。アスラーン様は素敵だから……でも、後宮にはたくさんの女性がいて、寵愛を得るのは大変でしょうね」

「やだ、エヴァったら、何を言ってるの？」

「何って……」

「アスラーン皇子の後宮に入りたいわけじゃなくて、誰だっていいの。だって、月の物がきた女奴隷なんて、いつどこで襲われるかわからないのよ。何がなんでも処女のうちに後宮に入らなくちゃ！」

ミュゲは強い口調で言いきった。

彼女は自分が、どこの国に生まれたのか、正しい名前も年齢も覚えてはいなかった。だから、ひょっとしたらエヴァより年上かもしれないし、十六歳になっていないかもしれない。

彼女の一番古い記憶は、おそらくは生まれ育ったであろう村が燃え盛《さか》るところだという。両親が亡くなったのもそのときかどうか定かでなく、以降、ミュゲは前線近くの村を転々として生き延びた。

二年前、ミュゲが身を寄せていた村がアスラーンの軍に取り囲まれ、捕虜になった村人たちと一緒に、彼女も奴隷として連れて来られたのだ。

「エヴァはいいよね。アスラーン皇子のお気に入りなんだから。大人の女になったら、すぐに後宮に入れてもらえるんじゃない？　それを考えたら、チャウラが苛めたくなる気持ちもわかるかも。まあ、あたしは肌も白い上に若いし、どこかには入れてくれると思うんだけど」

「わたし……わたしは……ごめんなさい」

エヴァがティオフィリアの元王女である、ということは内緒だった。そして大人の女になりしだい、皇太子サバシュの後宮に愛妾として迎える——そう通達が出ていることも。

それは女奴隷にとって恵まれていることには違いない。

エヴァは複雑な気持ちのまま、思わず謝っていた。

「いいって、いいって。別にエヴァのせいじゃないんだし。それに、皇子のお気に入りだからって全然偉そうじゃないし、みんなに優しいじゃない？　ブルト爺さんだって、そんなエヴァだから気にしてるんだと思う。ほら、食べてよ」

「……うん。ありがとう」

エヴァはあちこち傷の入った桃にかじりつく。黄色い実は熟して柔らかくなっていて、口の中でとろとろに崩れる。甘い液体がじゅわりと広がり、喉の奥に流れ込んだ。

「美味しい……はい、半分はミュゲが食べて」

「でも、お腹空《す》いてるでしょ？」

「半分で充分よ。急にたくさん食べて、気持ち悪くなったらもったいないもの」

いくらブルトが優しくても、桃がそう簡単に手に入るはずはない。貴重な果実を、お腹を空かせたエヴァのために、ミュゲはそのまま持ってきてくれたに違いなかった。

「それも、そうかも……。じゃあ、あたしも食べる。ありがとう、大好きよエヴァ」

エヴァの心遣いを言葉どおりに信じている。そんなミュゲを見ていると、遥か昔の自分の姿と重なった。

八歳上の姉オルティアも、エヴァの大好きなお菓子や果実は必ず譲ってくれた。

ティオフィリア王国は帝国とは比べものにならないくらい貧しかった。一国の王女とはいえ、なんでも好きなだけ食べられる境遇ではなかったのだ。

エヴァはそのことを、自国が滅んだあとに知る。

国民たちから尊敬を集めていた父、どんなときも優しい笑顔を絶やさなかった母、最後まで『エヴァンテだけは逃がしてやる』と言っていた兄……みんな、元気だろうか？

王族の身分は剝奪されたものの、島民を纏《まと》めるためにテティス島の代表として父たちは生かされた。そして皇太子の後宮に入れられた姉のオルティアも、王女ではなくなったが妾妃として遇《ぐう》されている。

そう聞かされたとき、エヴァは心の底からアスラーンに感謝した。

家族と離れて暮らすことくらい、たいしたことではない。生きていればいつか会えるのだから。もっともっとアスラーンに尽くさなければ、受けた恩義に応えることにはならない。

エヴァが懐かしい思い出に浸っていると、桃を食べ終えたミュゲが唐突に声を上げた。

「あ、忘れてた！」

「どうしたの？」

「アスラーン皇子がもうすぐ帰ってくるんだった。全員で門のところで出迎えるから、すぐに来なさいって言われたんだ。そのことをエヴァに伝えてきますって言って……でも、桃の実をもらったから、忘れちゃってた」

「ミュゲ、それを先に言わなくちゃ！」

アスラーンが帰ってくる。

彼女の心は一瞬のうちに、黒髪の皇子の姿で一杯になった。

☆　☆　☆

エヴァたちは内廷の庭に整列していた。外廷からは大勢の人の気配を感じる。馬の嘶《いなな》きや土を蹴る蹄《ひづめ》の音も聞こえるので、無事帰還した兵士たちであることは間違いない。

荒々しい男たちの声が聞こえるたび、エヴァの肩はビクッと震えた。この宮殿に連れて来られた時期から、大勢の男たちの気配を感じるだけで怖くて堪《たま》らなくなることがある。小さいころはそんなことはなかったと思う。

両親から引き離され、初めて島から出た精神的なものだろう、とアスラーンは言っていた。

彼の言うとおりなのだと思う。でも、なぜかわからないが、島を出た前後のことをはっきりと覚えていない。姉のオルティアに手を握られ、大きな船に乗ったことは断片的に浮かんでくる。しかし、両親や兄とどんな挨拶《あいさつ》を交わして別れたのか、それすらも思い出せなかった。

思い出そうとすると、男たちの怒声が頭の中で響き、心が竦《すく》み上がってしまう。

（大丈夫、大丈夫だから……。あの声はアスラーン様の部下たちよ。禁を破って内廷まで入ってくるなんて、そんなことはあり得ないんだから）

呪文のように『大丈夫』と心の中で唱え、自分を落ちつかせる。

外廷と内廷の間に設けられた〝聴許《ちょうきょ》の門〟を通過できる男はほんのわずか。内廷より奥に進むことが許されたアスラーンの側近だけだ。

そのとき〝聴許の門〟が開いた。

熱い風が吹き込み、黒髪を靡《なび》かせたアスラーンの姿が目に飛び込んでくる。銀糸を織り込んだ黒地のカフタンを羽織《はお》り、腰帯《クシャック》に小刀《ヤタガン》を差す姿は言葉にできないほど神々しい。エヴァの目には後光が射して見えたくらいだ。

「お帰りなさいませ、アスラーン殿下」

列の先頭に立つ内廷侍従のゼキが静々と頭を下げた。

ゼキは二年前、帝都にある皇帝の住まい、トユガル宮殿から移ってきた男だ。二十代半ばらしいが真っ白な髪をしており、妻もいない。身体の線が細く中性的に見える容姿から、実は宦官《かんがん》ではないかと噂されたこともある。

だが、もしそうなら内廷ではなく後宮の侍従に命じられるだろう。

地位や報酬も、後宮侍従のほうがかなり上と聞いたことがあった。

(そのうち、チャウラさんを愛人にしたらしいって言われるようになったのよね。でも、本当かしら?)

チャウラはゼキのすぐ後ろに控えていた。

細身で神経質そうなゼキと、肉感的な容姿をしながら黒い肌に劣等感を持っているチャウラ。おそらく年齢もチャウラのほうが上ではないだろうか。

およそつり合いの取れたふたりとは思えない。

ゼキがチャウラに向けるまなざしに、愛だ恋だという甘いものは一切感じられない。

一方、チャウラからは愛情とは別の熱を感じる。だがそれは男女の機微に通じるところらしく、年若いエヴァにはよくわからないものだった。

「このまま後宮に入られますか?　すぐに門を開けるよう、手配いたしますが」

「いや、まずは風呂で疲れを癒やしてからだ」

アスラーンはゼキの提案をあっさりと却下し、出迎えた使用人や奴隷たちを見回した。そして、後方に埋もれるように控えたエヴァに目を留める。

「エヴァ、風呂に入るぞ。用意はできているだろうな」

「あ……は、はい!　すぐに、ご案内いたします」

真っ先に声をかけてもらえた。それだけで、エヴァの頬は蕩《とろ》けそうなほどに緩んでしまう。

彼女にとってアスラーンは神にも等しい英雄だ。幼いエヴァの願いを叶え、テティス島と島に住む国民、そして家族を守ってくれた。ティオフィリア王国の名前が消えたことは悲しいが、王族としての誇りは胸にある。

アスラーンに全身全霊で仕えること。それはエヴァの幸せであり、誇りだった。

かまどでは引っきりなしに湯が沸かされ、女奴隷たちの手により浴場は温められた。熱湯が大理石の下に流し込まれると、見る間に蒸気が立ち込め、浴場の中は真っ白になる。

エヴァはこのとき、浴場の隣の間でアスラーンの服を脱がせる役目を仰せつかっていた。戦場から戻ったときはあまり立派なものは着ていない。だが絹織りのカフタンだけは、皇子の身分にふさわしい見事な品だった。

カフタンを丁寧に折り畳んだあと、エヴァは上衣の両袖を伸ばして掌を隠し、アスラーンの前に差し出した。掌には彼自身の手により腰帯から外された小刀が置かれる。奴隷が主人の小刀に触れることは許されない。ゆえに、エヴァの手は小刀の仮置き場にすぎなかった。

彼女はうやうやしく小刀を自分の頭以上の高さに持ち上げながら、壁に作られた刀掛けまで運ぶ。

そのとき、唐突に背後から腰を摑まれた。

「きゃっ!」

「おい、エヴァ。おまえ、また痩《や》せたのではないか? きちんと食事はとっているんだろうな?」

驚きのあまり、危うく小刀を落としそうになる。

「ア、アスラーンさ、ま……びっくりさせないでください。誤って落とせば、わたしの首まで落ちてしまいます」

「摑むのはいいのか?」

「え? きゃあっ!!」

落としてはいけないと、とっさに摑んでしまったらしい。慌てて離そうとして、今度は床に放り投げそうになる。

すると、横から伸びてきたアスラーンの手が小刀を摑み、壁の刀掛けに載せてくれた。

「きゃあきゃあ騒ぐな。ゼキがやってきたら面倒だ。ほら、さっさと脱がせてくれ」

「は、はい、申し訳ありません」

アスラーンの上衣を脱がせると、三ヶ月前よりいっそう日に焼けた小麦色の肌が現れた。逞《たくま》しい胸板や均等に割れた腹筋は変わりないが、右の脇腹に白い線のような傷痕を見つける。

ドキッとして、エヴァは思わず触れてしまった。

「ん？　ああ、騎士団の中には腕の立つ奴がいて、あと一歩踏み込んでいれば、腹を割《さ》かれるところだった」

「そんな……恐ろしいことをおっしゃらないでください」

一歩間違えばアスラーンは死んでいた。それは、彼女にすれば太陽を失うような恐怖だ。アスラーンには死んで欲しくない。

エヴァの思いは真剣だった。それなのに、アスラーンはいつも、言葉のままには受け取ってくれない。

「なぜだ？　私の支配から逃れるチャンスではないか？」

「そんなこと……」

腰帯に手をかけたとき、アスラーンの手がエヴァの顎を支え、強引に上を向かされた。

「思わぬはずがない。おまえは私を恨んでいる。おまえを家族から引き離し、祖国を潰した挙げ句に、王女の身分まで奪った。壁の小刀を手に取り、私の背中に突き立てることが願いなのだろう？　正直に言え」

エヴァは首を横に振った。

「違います。そんなこと、思っていません」

「なぜ、思わない？」

「わたしたちのことを助けてくださったのは、アスラーン様ではありませんか！　我が国に攻め込もうとしたのは皇帝陛下のご命令だと聞きました。同行された皇太子様――サバシュ様に逆らってまで、わたしたちの命を助けてくださったのでしょう?」

エヴァの中に十年前のことが甦《よみがえ》ってきた。

『ひとりしかダメなの?』

『何人も救う余力はない。助けるのがおまえ以外なら、おまえはこれまでとは全く違う身分に落ちることになるぞ。生殺与奪《せいさつよだつ》は私の手に握られる』

アスラーンの黒い瞳がぎらっと光り、もの凄く怖かったことはよく覚えている。

だが、八歳のエヴァは怯《ひる》まずに答えた。

『そんなのはイヤ! ひとりなんて、選べない。お願い、お父様もお母様も大事なの。お兄様とお姉様も……お姉様は優しいけど、身体が丈夫ではないの。わたし……わたしはいいから、わたしはすっごく元気だから……どうなってもいいから、お願いです!』

本当に〝どうなる〟のかは、このときのエヴァは何もわかっていなかったと思う。でも、愛する家族を守りたい一心だった。

『おまえは愚かな子供だ。家族たちがぬくぬくと暮らす中、おまえひとり、内臓を抉《えぐ》られるような苦しみを味わうかもしれないのだぞ。そうなってから、やっぱり嫌だと言っても遅いんだ』

『でも……でも、わたしは強い子だってお父様はおっしゃったわ。だから、頑張れると思うの。頑張ったらきっと神様が見ていてくださって、いい子にはご褒美《ほうび》がいただけるのよ』

願いごとは強く祈ればきっと叶う。

神様はきっといる。

エヴァはそのことを強く思いながら、縋るように漆黒の瞳をみつめ続けた。

アスラーンはしばらく考え込んでいたが、やがて彼女の前にひざまずき、小さな手の甲に口づけたのだ。

『エヴァンテ姫、本当に後悔しないな？』

『しません！　わたしだったら海に飛び込んでも平気ですもの。でも、お母様やお姉様はすぐに熱を出して寝込んでしまうの。だから、お願いします、皇子様!!』

『いいだろう。おまえの願いを叶えてやる』

小さな島国の小さな王女のことを、大帝国の皇子が一人前の女性として扱ってくれた。兄のマリノス王子と同じ年頃のはずなのに、エヴァの話をちゃんと聞いてくれた。それが嬉しくて、どうしようもなく嬉しくて、何度も何度も『ありがとう』と言って、エヴァは自分の部屋に戻ったのだ。

部屋に戻るなり、彼女はベッドに飛び込み、いつの間にか眠ってしまっていた。

そして、夜が明ける前にエヴァは起こされた。彼女を起こしたのは、エヴァよりもっと白い肌をした姉のオルティアだった。

母によく似た美しい金色の髪を丁寧に櫛《くし》で梳《す》き、結い上げることをエヴァは日課にしていた。

でもあのときは、酷く乱れていたように思う。

『いいこと、エヴァ。お父様のお言葉だから、決して忘れてはダメよ』

『……お父様の？』

頭の中がボンヤリとしていた。オルティアが何をそんなに深刻そうな顔をしているのか、エヴァには見当もつかない。

『この先何があっても、誰かを恨んだり、憎んだりしてはいけない。逆境にあっても、ティオフィリア王国の王女としての誇りを忘れないように。エヴァンテ、心から愛している』

永遠の別れのような言葉を耳にして、エヴァの目も少しずつ覚めてくる。

『わたしも、お父様のこと愛しているわ。そう言ってくる』

『待ちなさい、エヴァ。お父様を……困らせてはダメ』

姉に摑まれた腕を、エヴァは必死で振りほどこうとした。

『じゃあ、お母様に伝えてくるわ。お姉様はここで待っていて……わたしひとりで』

『ダメだと言っているでしょう！』

次の瞬間、エヴァは頬を叩かれていた。

物静かで声を荒らげたことのないオルティアが、ヒステリックに叫びながら妹の頬を打ったのだ。

エヴァはわけがわからず、ただただ涙が零れて止まらなくなる。

『お父様ぁ……お母様ぁ……』

父と母のことを呼びながら、エヴァは泣いた。

頭が痛くなるまで泣いて、泣いて……次にエヴァが覚えているのは、帝都にあるトュガル宮殿の長くて薄暗い廊下の光景。オルティアにしっかりと手を握られ、酷く不安な気持ちで歩いていたこと。

エヴァの記憶にあるのは、これだけだった。


「おまえと姉を人質として、帝国に連れて来た男でも、か？」

エヴァは息が詰まりそうになる。

この宮殿に連れて来られたのはエヴァだけだった。最初の半年は、オルティアがどうなったのか教えてもらえず……。誰かに尋ねようにも、ティオフィリア王国の王女であったことを口にしてはいけないと言われ、聞くこともできなかった。

自分と同じように女奴隷として朝早くから夜遅くまでつらい労働を課せられているのではないか。オルティアが心配だから、会わせて欲しい。どうか、身体の弱いオルティアをテティス島の家族のもとに帰して欲しい。

　必死に頼んでも無視されて、そんなアスラーンを信じられなくなったこともあった。

「でも、アスラーン様はお姉様が厳しい労働をしなくていいように、皇太子様の後宮に入れてくださったのでしょう？　わたしが頑張って働いたら、お姉様は妾妃として幸福に暮らせるって、そう言ってくださいました」

「ああ――そう、だったな」

　アスラーンは苦々しげに息を吐いた。

（アスラーン様はきっと、お姉様の身を心配してくださってるのよ。だから時々、気難しくなられるのだわ）

　とはいえ、どうしてそこまで真摯《しんし》に約束を守ろうとしてくれるのか、エヴァにはわからない。

　彼女にわかっていることは、大人の女になりしだい、サバシュの後宮に移らなくてはいけないということ。そのためにも、月の物が始まりしだい、すぐに報告するよう命じられていることだけだった。

「だから……わたしはアスラーン様のために働きます。あなたが望まれるなら、どんなことでもします」

　願いごとは一生懸命に祈って口にすれば、なんでも叶うと信じていた。

　でも、その願いごとを叶えてくれたのは、神ではなくアスラーンだった。

『この先何があっても、誰かを恨んだり、憎んだりしてはいけない』

父の言葉はオルティアから聞いたものだ。エヴァとオルティアが島を離れるときも、父に会えていたならきっと同じ言葉を与えてくれたのではないだろうか。

「どんなことでも……か。八つのときと変わらぬな、おまえは」

アスラーンの頬が奥歯を嚙み締めるように歪《ゆが》む。

そのとき、エヴァが摑んでいた腰帯がスルリとほどけ、脚衣がアスラーンの足下に落ちた。彼は裸身を隠す素振りも見せず浴場に入ると、大理石の上に敷かれた浴用布《ペシュテマル》に腰を下ろした。

すでに入浴の準備は整っている。浴場の中はアスラーンとエヴァのふたりだけだ。

十年間ずっと務めてきた役目。彼の肉体は日ましに逞しくなり、青年が男に変わる様を少女に教えた。だがそれは、八歳の少女が十八歳の娘へと成長する過程に比べたら、たいした変化ではないのかもしれない。

「だが、おまえは皇太子の後宮に入る日を心待ちにしているのだろう？」

エヴァは羞恥《しゅうち》を胸に秘め、湯で温めた布を手にアスラーンの後ろに近寄っていく。

「それは……よくわかりません。お姉様に、会いたい気持ちはありますけど……」

皇太子のヒューリャ宮殿の後宮に入れば、オルティアに会える。

だが、エヴァが後宮に入るということは、オルティアと皇太子の寵愛を競い合うことにもなるのだ。

（それだけじゃないわ。二度とアスラーン様のお世話ができなくなってしまう。すべてを捧げる約束だったのに……）

自分の責任から逃げ出すようで、エヴァは居た堪れなくなる。

エヴァは白い綿の上衣の袖を捲《まく》り上げた。色鮮やかなくるぶし丈のスカートをたくし上げ、腰の辺りでひと纏めにする。

すると、スカートの下に隠れていた白く細い脚が露《あら》わになった。

「けど……なんだ？」

「皇太子様より……アスラーン様の、後宮に入りたい……です」

そうすれば、この先ずっとアスラーンに仕えることができる。

サバシュが皇帝となり、アスラーンがどんな立場になったとしても、エヴァは従い続けたかった。たとえ、彼に仕える奴隷の最後のひとりになったとしても。父もきっと、エヴァが王女の務めを全うしたと褒《ほ》めてくれるだろう。

エヴァはそれが最善のことに思え、キラキラしたまなざしでアスラーンをみつめていた。

アスラーンはスッと浴用布の上にうつ伏せになった。首を捻《ひね》り、顔だけこちらに向ける。その顔は人前に立つときとは違う、エヴァにだけ見せる無防備な笑顔だった。

「その顔つきだと、自分が何を言ったかもわかってないな。まったく、子供のくせに困ったものだ」

剝き出しになった両膝から太ももに、アスラーンの視線を感じる。

「そんな……いつまでも、子供ではありません。もう、十八になりました」

「なるほど。それで……まだ、月の物はこないのか？　一度、医師に診せたほうがよいのかもしれんな」

エヴァはごくんと唾《つば》を飲み込んだ。

「は、い……まだ……でも、お医者様はけっこうです」

そのまま大理石に膝立ちになると、温めた布で彼の身体を擦り始める。垢《あか》と汚れを汗と一緒に拭《ふ》き取り、全身をほぐしていく。

彼は顔を両腕の上に置き、しみじみといった口調で呟《つぶや》いた。

「だが、いつまでもこのままでは困る。私にとっても大誤算だ」

その言葉はエヴァの胸に突き刺さった。大誤算ということは、アスラーンはエヴァを使って何かをしようと考えていたのだと思う。

いつまでも仕えたいと思っているのはエヴァのほうだけ、アスラーンはいい加減、厄介払いしたいのかもしれない。

（いつここから放り出されても、アスラーン様を責めることなどできない。わたしのことを何かに利用しようと考えていたとしても、文句を言う資格なんてないのだから）

わかっていても、アスラーンの口から『さっさとサバシュの後宮に行ってくれ』という意味合いの言葉を聞くのはつらかった。

「どうした、エヴァ。ぼんやりするな、さっさと手を動かせ」

「は、はい、申し訳ありません」

温かい布で拭《ぬぐ》ったあとは、火照《ほて》った身体を冷たい布で冷やしていく。背中側が終われば、次は前だった。胸元から腹部に下り、太ももから足先までを拭う。最後に下腹部の黒い茂みに手を伸ばし、大切な部分を清めていく。

問題はこの最後の場所。いつもなら、この時点ではさほど充実感はないのだが、今日は違った。

「ダメだな。遠征の疲れが溜まっているようだ」

「疲れると……こうなるのですか？」

雄々しくそそり勃《た》つ男性器を前にし、エヴァは触れるのを躊躇《ちゅうちょ》する。

「ああ、三ヶ月分の疲れだ。一度、放出しておきたい」

彼は肘《ひじ》をついて上半身を起こすと、野生の獣のような目を彼女に向け――。

「エヴァ、おまえの可愛らしい口でしゃぶってくれ」

尊大な態度でアスラーンは命じた。

エヴァが初めて、大きくなった男性器を目にしたのは二年と少し前のこと。ミュゲがこの宮殿に来たころで、エヴァが十六歳になってすぐだった。

今回よりも長い、半年にも亘る遠征から帰ってきた当日、浴場で彼の身体をほぐしていると、見る間に股間《こかん》が猛々《たけだけ》しく膨《ふく》らんできた。

驚くエヴァにアスラーンは月の物の有無を尋ねた。

彼女が『まだです』と答えると、彼は安堵《あんど》したような、それでいて苛々したような表情をした。そのまま手伝えと言われて、教えられるまま男性器に手を添え、上下に擦ったのである。

あの日から、入浴のたびにアスラーンの男性器は雄々しく変化するようになった。そのつど、静めるためと言われ、手を貸している。

アスラーンは決して強制はしなかったが、エヴァは彼の役に立てるのが嬉しくて、自分にできることならと従った。

だが、しだいに貸すのは手だけでは済まなくなり……。

一年ほど前から、舌で舐《な》めたり、口に咥《くわ》えたりすることも多い。そして、アスラーンはしつこく『月の物はまだか？』と問い質すようになった。

『始まったときは真っ先に報告しろ。他の誰にも知られないように、私に一番に知らせるんだぞ！』

そんなふうに念を押され、エヴァはうなずきながらも混乱していた。

最初は、この行為が禁忌を犯しているためなのでは？　と不安に陥ったが、これは生殖行為ではなくエヴァの処女は守られていると知り、胸を撫で下ろす。

とはいえ、きつく口外無用と言われているため、エヴァの中には不安の火種が燻《くすぶ》ったままだ。

エヴァは彼の横に座ったまま手を伸ばし、そうっと包み込むように触れた。

その瞬間、アスラーンの分身がピクリと震える。そこは他のどの場所より、熱く強張っていた。普段の大きさからは想像もできないほど高ぶっている。まるで太い骨が通っているかのようだ。

「おまえの手は温かいな。ずっと、こうしていたい」

「こんなになって……男の方はつらくないのですか？」

「少しつらい。だが、心地よい。こればかりは、言葉では説明しがたいものだ。女にはわからん感覚だろうな」

エヴァは前屈《まえかが》みになり、猛りにそっと唇を這《は》わせた。

初めて触れたときは恐ろしさに泣きそうになったが、アスラーンの一部だと思うと不思議と嫌悪感はなかった。

どうして、このまま彼に仕えていてはダメなのだろう？

どうして、サバシュはオルティアに続いてエヴァまで、後宮に入れようとするのだろう？

（皇太子様の後宮に入るということは、こういうことをアスラーン様以外の方にする、ということよね？　わたしにできるかしら？）

ゆっくりと歯を立てないように注意を払いつつ、エヴァはアスラーンの肉棒を咥えた。

「ずいぶんと、上手くなった。これで処女なのだから、おまえを閨《ねや》に連れ込む男は……至福を、味わうのだろうな」

荒い吐息とともに、アスラーンの声が聞こえる。

彼を悦《よろこ》ばせている。その事実はエヴァにとっても悦びに繋がった。もっと、もっと、彼の期待に応えたい。その一念で懸命に奉仕を続ける。

(アスラーン様に悦んでもらいたい。そのためなら、どんなことでもするわ。わたしを閨に連れ込み、〝至福〟を味わいたいと言われたら……神に背くことも厭《いと》わない。でももし、アスラーン様から皇太子様に取り入れと命じられたら……)

それを『内臓を抉られるような苦しみ』と言うのかもしれない。

エヴァの胸に切ないものが込み上げたとき、アスラーンの口から短い声が漏れた。彼はエヴァの頭を押さえて膝立ちになる。張り詰めた肉棒に口腔を掻《か》き回され、荒々しい抽送《ちゅうそう》に堪えた。

次の瞬間、熱い飛沫《ひまつ》がはじけ飛び、白濁の液体が喉の奥に流れ込んでくる。

息を止め、エヴァはコクンと飲み込んだ。

「まずいだろう？　吐き出しても罰は与えんぞ」

エヴァがアスラーンから離れ、口元を押さえているとそんなふうに言われた。初めのころ、放たれた白濁を吐き出してしまったせいもあるのだと思う。

「アスラーン様の……だったら、平気です」

「まるで、私に気があるように聞こえる」

その言葉にエヴァは目を見開いた。

ろう。


「そ、そんな、畏《おそ》れ多い……」

今のエヴァは王女ではない。女奴隷の身分で、主人に愛情を抱いてどうなるというのだ
だが、そのとき気づいてしまった。

即座に『違います』と答えられなかった自分自身に。

（わたし……アスラーン様のことが……）

混乱して何も言えずにいるエヴァの頬に、アスラーンは触れた。

「今は何も答えなくていい。だが、私のことを思うなら、一日でも早く大人の女になれ！

いつまでもこのままでは、迷惑極まりない」

途中で乱暴な口調に変わったが、エヴァの口元を拭う指先は優しいままだった。

「……はい……申し訳、ありません」

彼女はうつむき、何度目かの謝罪を口にした。

☆　☆　☆

しんとした空気がアスラーンの私室に広がる。

浴室でエヴァの口腔に精を放ち、ふたたび身体を洗ったあと、この部屋に戻った。食事をとり、ひと息ついたころにはすでに辺りは真っ暗だ。

『私が眠るまで扇ぎ続けるように』

そう命じて彼は横になった。

しばらく肌に優しい風が当たっていたが、やがて、唐突に止まる。そのときを待ち、アスラーンは起き上がった。

寝台の傍らに蹲《うずくま》る少女の姿に、彼の頬は綻《ほころ》ぶ。

重い七宝の装飾が施《ほどこ》され、孔雀《くじゃく》の羽で彩られた団扇《うちわ》を大切そうに抱き締め、エヴァは眠っている。

彼女を抱き上げ、寝台の上に寝かせた。

「おまえは何も知らない」

柔らかな栗色の髪を撫でながら、アスラーンは呟く。

およそ王女らしくない、タフで元気な少女だと思った。憎らしいほどの幸福に恵まれ、家族や周囲から愛されて育ってきたのだろう。

エヴァの期待していたとおり、自分に〝帝国の皇子〟にふさわしい力があったなら、あんなメソン海の片隅に存在する小国など放っておいてやれたのだ。

ティオフィリアの国王も、兄の王子も、帝国にとって不利益なことなどひとつもしていなかった。国力から考えて、将来、帝国に反旗を翻《ひるがえ》す可能性もなかっただろう。

それでもあの小国を滅ぼそうというのは、すべてアスラーンを殺すためだ。兄のサバシュが様々な嘘をでっち上げ、皇帝に働きかけてティオフィリア王国を潰すために兵を挙げた。

悪いのはサバシュだと言いたい。アスラーンも被害者だ。しかし、果たして、エヴァたちにとって違いはあるのだろうか？

少女らしくプクプクしていた頬は、今やすっかり娘らしいラインを描いている。うなじから肩にかけてもそうだ。アスラーンの手が触れただけで、折れそうに華奢《きゃしゃ》でしなやかな首筋――いつからだろう、あの首筋に唇を押し当てたいと思い始めたのは。

『お帰りなさいませ、アスラーン様』

二年ちょっと前、半年にも及ぶ遠征から戻ったとき、エヴァはいつもどおりの言葉で彼を迎えた。

いつもどおり……いや、違う。彼女の姿を見た瞬間、その考えが消え去った。

十六歳の誕生日を迎えたばかりだというのに、たった半年で無邪気な少女は美しい娘へと様変わりしていたのだ。

浴場で確認すると、腰がくびれて女らしくなり、臀部《でんぶ》は大きくまろやかな弧を描いていた。前屈みになったとき、襟元から覗いた胸は、彼が知る平らなままではなかった。

エヴァはいつまでも少女ではいてくれない。

わかっていたことだが、それはアスラーンにこれまで経験したことのない衝撃を与え、にわかに信じがたい行為へと走らせた。

十代のころは、いつ死んでもいいように、後顧《こうこ》の憂《うれ》いのない女性との遊びが主だった。

とくに自分の宮殿は持たず、トユガル宮殿の片隅に居室をもらって帝都の娼館に出入りする日々。

野心はない、帝位にも興味はない。そう示すことで、いつか殺される不安に怯えずに済む日々がくることを真剣に願い続けた。

だが、エヴァの何がなんでも家族を守りたいという意志に、アスラーンは自らの弱腰をまざまざと見せつけられたのだ。

戦う前からすべてを諦《あきら》め、なんの罪もない国を巻き込んで死のうとしている。そんな自分はなんと愚かなのだろう。アスラーンの中に眠り続けた皇子の誇りは、小国のわずか八歳の王女によって目を覚ました。

この清らかな王女の期待に応えたい。

エヴァの、アスラーンを神のごとく崇《あが》める視線は、彼に徹底的な禁欲を課した。いや、エヴァ自身にそのつもりはないだろう。

それにもかかわらず、いまだ少女であるエヴァの身体に反応して、手淫を促してしまった。たしかに彼女の純潔を奪ったわけでないが、人に知られたらとんでもないことだ。

そう思いながらも欲望は止まらず、ついには口淫にまで進んでしまっている。

「私はどこまで神に背かずにいられるだろうか……」

今も、エヴァの香《かぐわ》しい肢体《したい》に飛びかかりたくてたまらず、彼の下腹部は疼《うず》いていた。

「いつまでも八つではいないのだ、と……十年前に気づくべきだったたな」

エヴァはいつまでもごまかしの利く小さな子供ではいてくれない。

彼女はいつか、アスラーンの作り上げたまやかしの世界に気づき、逃げ出してしまうかもしれない。

そのとき、彼が絶対的な権力——帝位を手に入れ、エヴァの望むものはすべて与えると言ったら、もう一度、アスラーンに信頼と尊敬の視線を向けてくれるだろうか？

アスラーンは手をエヴァの腰に翳《かざ》し、曲線に沿って動かす。

太ももからふくらはぎ、そして上に戻ってきて胸の辺りを念入りに彷徨《さまよ》わせる。触れるか触れないかの微妙なところだ。

誰かが、あるいは何かがもうひと押しすれば、きっと禁じられた一線を越えてしまうだろう。

そのとき——カタン、と窓の外で音がした。

アスラーンはおもむろに立ち上がり、音を立てずに窓を押し開く。

「これ以上、同じ部屋にふたりきりでおられるのは……」

白い髪が目に映る。ゼキだった。抑止力として、彼に部屋の外に立つよう命じたのはアスラーン自身だ。

「わかっている。起こすのは可哀想だ。このまま抱いて行こう」

「承知いたしました」

そう言いながら、ゼキは部屋に入ってきて寝台に歩み寄る。

「いや、わたしが……」

「〝承知〟いたしました」

咎《とが》めるような口調で繰り返され、アスラーンは口を閉じた。

「ああ、頼む。だが、ゼキ——おまえの主人が誰か、忘れるな」

「御意《ぎょい》のままに」

ゼキの腕に抱かれたエヴァの姿から目を逸《そ》らしつつ、アスラーンは拳を握り締めた。

第二章　処女喪失

アスラーンの帰還から数日が過ぎた。

ヒューリャ宮殿とスーレー宮殿、ふたつの宮殿があるギュライの町は、海に近い帝都より内陸部に位置する。冷たい海風が吹かない分だけ冬の寒さは凌《しの》ぎやすい。だが、夏の暑さは短いために身体が慣れず、かなり応えるのだ。

ちょうどアスラーンの帰還とともに、ギュライの町に夏がやって来た。

二日前から体調を崩しているエヴァにとって、この暑さはきつい。理由ははっきりしているのだが、それを口にすることはできず、彼女はひとりで耐えていた。

「エヴァ、もっと速く歩きな！　まったく、本当に鈍間《のろま》だね！」

「は、はい……」

エヴァはチャウラに怒鳴られながら、彼女のあとを懸命に追う。

ふたりは町の中央に向かって歩いており、辺りはしだいに人が多くなってきていた。大事な荷物も抱えているため、迷子になっては大変だ。

「正午には伺うと連絡してあるんだからね。皇太子殿下に仕えているヒューリャ宮殿の後宮女官長が内廷まで出てきて、待ってくださってるんだ。一分でも遅れたら、おまえの責任だよ！」

アスラーンが持ち帰った戦利品のほとんどは帝都の皇帝に献上していた。
だがサバシュに献上する品もあり、それを手渡すためにアスラーンは今ヒューリャ宮殿を訪ねている。

ところが、アスラーンが出発したあとになって、サバシュに届けるはずの品の目録に漏れが見つかったのだ。

目録を手にしたチャウラの後ろを、大きな木箱を抱えたエヴァが歩く。木箱には鍵がかかっていて、中には美しい宝石が納めてあると聞いた。

「あの……チャウラさん、わたしたちだけで、本当に大丈夫でしょうか？」

木箱は大きさのわりに重くないので、それほどたくさんの宝石が詰まっているわけではないのだろう。だからこそ、女奴隷に運ばせているのだ。

それでも、もし襲われたら、と心配になる。エヴァは必要以上に周囲を警戒してしまい、余計に歩くのが遅くなっていた。

「馬鹿だね、あんたは。なんのために皇帝の紋章《もんしょう》が入った木箱に入れて、宮殿の女だとひと目でわかる青い厚手の外套《フェラージェ》を羽織り、モスリンの白いヴェール《ヤシュマク》をかぶってきたと思ってるんだい？」

「それは……どうしてでしょう？」

エヴァも疑問に思っていた。

水汲み以外に宮殿から出たことがないので、こんな上等な外套など着せてもらったことがなかった。だが時期が時期だけに、こんなものを着せられたら暑くてかなわない。しかも荷物まで持たされている。それほど大きくない木箱とはいえ、小柄なエヴァがひとりで持つのはかなりの負担だ。

それもこれもチャウラの嫌がらせだろうと思っていたが、どうやら違うらしい。

「ギュライの町にはふたつも宮殿があるからね、そこそこ豊かな連中が多いんだ。帝都並みに警戒が厳しくて、盗人は迂闊に出歩けやしない。そんなところで宮殿の女から皇帝の紋章の入った木箱を奪ってごらんよ。あっという間に捕まって、その場で首を刎《は》ねられちまうさ」

たしかに、これ見よがしに〝宮殿の使い〟といった風情《ふぜい》なので、商売人たちは横目で見るだけで余計な声はかけてこない。町の連中に至っては、遠慮して道の真ん中を譲ってくれるくらいだった。

「へえ、さすがチャウラさんですね」

エヴァは心の底から感心して答える。

「あんた……いったい、どこのお姫様だい？」

チャウラの言葉にドキッとする。

何も答えられずにいると、チャウラはさらに続けた。

「よくもまあ、そんなぼーっとした頭でここまで生きてこられたもんだ。アスラーン殿下のお気に入りは気楽でいいね」

チャウラは嫌味のつもりらしい。だが、アスラーンがエヴァを気に留める理由が、ティオフィリア王国の元王女という身分にあると知ればどう思うだろう。

しかし亡国の王女と知られたら、どんなことに利用されるかわからない。エヴァの身に危険が降りかからないようにするため、王女の身分を明かしてはダメなのだ。そうアスラーンは言っていた。

アスラーンのためならなんでもすると思いながらも、一方的に守られてばかりの自分が悔しい。

「はい。すべてアスラーン様のおかげです」

今の彼女にはそう認めるだけで精いっぱいだ。

エヴァの打ち沈んだ様子などお構いなしに、チャウラは淡々と返してきた。

「わかってるならけっこうなことさ。誰もが生き延びるために真剣なんだ。あたしだって同じだよ」

「……はい……すみません」

女奴隷になってから、エヴァは『すみません』『ごめんなさい』が口癖《くちぐせ》になってしまった。

チャウラはそのまま黙り込み、先を急ぐようにヒューリャ宮殿に向かって歩き続けた。

大柄な彼女とは脚の長さが違うため、エヴァは口を開く余裕もないくらい早足であとを追ったのである。


ヒューリャ宮殿に到着すると、門のところで名前を告げただけで中に入れてもらえた。そして外廷から内廷に通じる門も、信じられないほどあっさり通過する。

宮殿の建物は実に美麗で豪華だった。実用性重視のアスラーンのスーレー宮殿とは色合いが違う。

サバシュの趣味なのだろう。金銀がふんだんに使われ、柱の一本一本まで細やかな装飾が施されていた。庭には噴水まで造られ、花の一本に至るまで計算されて植えられているようだ。

広さはスーレー宮殿の倍くらいあるだろうか。身なりを整えた見目のよい小姓や、美しい女官たちが内廷の庭を闊歩《かっぽ》している。そんな彼らも元は奴隷の身分だったはずだ。

帝国で暮らす異国の人々はほとんどが奴隷の身分にあった。だが、宮殿で皇帝一家に仕える奴隷は、その才覚に応じて高い地位まで出世することが可能だ。

それは女奴隷にしても同じである。皇帝や皇子の目に留まれば、後宮で着々と地位を高めることもできるのだ。同じ身分でも、市井の娼館に買われた女奴隷とは天と地ほどの差があった。

その中でも、皇太子に仕える奴隷たちは格が違う。近い将来帝都の宮殿に移り、皇帝に仕えるのは自分たち——そんな驕慢《きょうまん》さが感じられた。

そのときふいに、見慣れた高さの塀《へい》が目に飛び込んできた。

（スーレー宮殿にある塀と同じくらいの高さ……きっと、この向こうが後宮。ここにお姉様がいらっしゃるんだわ）

最愛の姉、オルティアがすぐ近くにいる。エヴァが声の限りに叫べば、届くかもしれない。会いたい気持ちが募り、エヴァの瞳に涙が浮かんだ。

「エヴァ、女官長が来られたよ。頭を下げな！」

「あ、はい」

慌てて視線を室内に戻し、チャウラと同じように土間にひれ伏した。

女官長はチャウラより遥かに年上だ。目尻のシワと白い髪は隠せない。だが、背筋はピンと張っていた。

二段ほど上の板間に立ち、女官長は声を張り上げた。

「ご苦労でした。おまえが女奴隷のエヴァですね。月の物を確認しだい、おまえを後宮に連れて行きます。では、下穿《したば》きを脱ぎなさい」

エヴァは目を見開き、息を呑《の》んだ。

最初は意味がわからず、女官長をみつめ口をパクパクと開く。

そのとき、背後から小さな声が聞こえた。

「恨むんじゃないよ。あたしも生きなきゃならないからさ」

エヴァはハッとして振り向く。そこにはニヤリと笑うチャウラがいた。それは初めて見た彼女の笑顔かもしれない。

チャウラに気づかれていた。今日を選んだのも、きっと二日前から始まったことを知っていたからだ。

こんなことになるなら、アスラーンに話しておけばよかった。一番に知らせると約束したのに守れなかった。

エヴァの胸は後悔でいっぱいになる。

「何をしているのです!?　さあ、早くなさい！」

女官長の叱声《しっせい》がエヴァの頭上に降り注いだ。


初めて月の物がきたのは一年と少し前のこと。

ちょうど、浴場でアスラーンの男性器を口にし始めた時期と重なる。それが理由とは思えないが、何かのきっかけにはなっていたかもしれない。

しだいに、エヴァの身体は小柄なりに少女から適齢期の娘へと変化していった。

だが、そのことを伝えればサバシュの後宮に入れられてしまう。帝国で数年暮らし、十歳も過ぎれば、サバシュがアスラーンの存在を疎《うと》み、敵対関係にあることくらいわかる。

オルティアには会いたいが、姉妹揃《そろ》ってサバシュの後宮に入ることは、何かアスラーンにとって不利になるのではないか？

そんな疑念すら浮かび、アスラーンのために役立ちたい一心で、エヴァは月の物がきたことを隠し続けた。

だが、『私にとっても大誤算だ』というアスラーンの言葉。エヴァは自分が何をすれば役に立てるのか、わからなくなっていた。

「待ってください。あの……わたしは、アスラーン様の奴隷なのです。だから……」

アスラーンの名前を口にしながら、エヴァは一歩下がる。

けれど厳重な警護をされている皇太子の宮殿から、エヴァのような女奴隷が逃れられるはずがない。

「申し訳ありません。でも、わたし……わたしは……あっ、い、痛い」

背後から強い力で両腕を摑まれ、エヴァは身動きが取れなくなる。

「逃げようなんてとんでもない奴隷だね。女官長殿、あたしが捕まえておきますから、どうぞご確認を」

チャウラは容赦なくエヴァの細い腕を摑んだ。ギシギシと骨の軋《きし》む音がして、エヴァの頬に涙が伝う。

「違います！　逃げるつもりでは……」

「奴隷は諦めが肝心だよ。ここはヒューリャ宮殿、アスラーン殿下のお気に入りなんて、なんの役にも立たないんだ」

「チャ……チャウラさん、わたしは……アスラーン様のお許しをいただかないと……」

「本当に馬鹿だねぇ。今、アスラーン殿下に会ったら、おまえは殺されるよ」

チャウラは耳元で恐ろしいことを言った。

「何を言うの？　どうして、アスラーン様がわたしを殺すのです？」

「決まってるだろう？　おまえを皇太子殿下に献上して、処女じゃないってことが明るみに出る前に、さっさと葬ってしまうだろうからさ」

「そんな……違います!!　アスラーン様は神に背くような真似はなさっていません！」

エヴァは痛みも忘れ、必死に反論する。

「それはどうかねぇ。ふたりは毎日浴場に籠《こ》もってました。男女が睦《むつ》み合う声も聞きました。そう証言したら……あたしは、ヒューリャ宮殿の女奴隷長さ。ゆくゆくは皇帝陛下に仕えるんだよ。おまえは馬鹿でお人好しだから、喜んでくれるだろう？」

それは恐ろしい告白だった。

エヴァは悔しくて唇を噛み締める。だが、どんなに頑張ってもチャウラの手を振りほどくことができない。そのまま力尽きて、膝から崩れ落ちてしまいそうだった。

がっくりとうなだれるエヴァの前に女官長が立っていた。

「仕方ありませんね。――誰か、この者の下穿きを脱がせ、月の物を確認なさい」

同じ土間に控えていたヒューリャ宮殿の女奴隷たちに命じる。

彼女たちは十歳になるかならないかの、少女たちばかりだ。全員、女官長の言っていることはわかるものの、戸惑いを露わにしている。

「待って、待ってください……アスラーン様に、連絡を取ってください。お願いいたします、アスラーン様に……」

「アスラーンより私のほうが適任ではないか？」

思いがけぬ人間の登場に、その場にいた全員が膝をついた。

チャウラも同様だ。驚いた表情でエヴァを放り出し、土間にひれ伏してしまう。

いきなり手を放されたせいで、エヴァもその場に座り込んだ。

「ほう、なかなか愛らしい娘に育ったではないか。ちょうどよい。おまえが大人の女かどうか、この私が確認してやろう。なんといっても、おまえはこの私の後宮に入る女なのだから」

彼女の顔を覗き込むのは、皇帝の第一皇子、サバシュ皇太子だった。宮殿の外装と同じく、金色に煌《きら》めくカフタンを羽織っている。

その姿を見た瞬間、

『殺せ』

サバシュの冷酷な声が耳の奥に響き、エヴァの鼓動は激しくなる。

これまで、サバシュに目通りをしたことはないはずだ。最初にトユガル宮殿に連れて行かれたときも、エヴァがサバシュに会うことはなかった。

（テティス島を離れる前に、わたしは皇太子様にお会いしたことがあった？　でも、どうして〝殺せ〟なんて聞こえるの？　それも、あんな恐ろしい顔で……）

残酷な言葉を口にするサバシュの顔は、悪魔のように歪んで見えた。

だが、目の前に立つサバシュは、美しく整った顔立ちをしていた。アスラーンより身なりに気遣うようで、見るからに高貴な衣装を纏っている。

「まあ、なんということでしょう。このような女奴隷の検分に、皇太子殿下が立ち会われるなど、滅相《めっそう》もございません」

与えられた役目を果たせずに終わる。女官長はそのことを恐れているようだ。

「皇太子殿下はこのような部屋に足を運ばれるべきではございません。どうぞ、後宮にお戻りくださいませ」

「いや。そうだ、この娘、このまま後宮に連れて行こう。後宮で私が検分してやる」

「お待ちくださいませ、そのようなこと前例が」

「女官長、おまえは私に意見する気か？」

サバシュの灰色の瞳が、刃物のような光を放って見えた。

同じ黒い髪、整った顔立ちをしているのに、瞳の色が違うだけでこんなにも印象が変わるものなのか。

アスラーンを恐ろしく言う者は多い。エヴァ自身、怖いと思うこともあった。

だが、彼の本質には人としての優しさや温もりを感じる。いつも頼ってしまうのは、そういったところが理由なのだと思う。

そんなアスラーンに比べ、このサバシュはどうしようもなく冷酷に見えた。助けてください、と口にすることすらできないくらいに。

エヴァが腰を抜かしたように座り込んだままでいると、ふいに抱き上げられた。

「きゃ！」

「こ、皇太子、殿下、これは……後宮の規則に反しておりまして……意見ではなく、ただ規則を申し上げているだけで……」

強気だった女官長も、小さな声でブツブツと呟くだけになってしまう。

「さてさて、おまえを手に入れたら、あの男はどう出るかな？」

サバシュは狡猾《こうかつ》な笑みを浮かべて、抱き上げたエヴァの身体をギュッと抱き締めた。

「そ、それは、どういう意味ですか？」

「さあ、どういう意味かな？　ああ、ちょうどいい。私の後宮に入るおまえに、いいことを教えておいてやろう。この私に逆らう言葉は口にするな。少しでも長く、生きていたいと思うのなら。——よいな」

全身に鳥肌が立ち、エヴァの指先はカタカタと震えた。


内廷の建屋を横切ると、大きな門が目に入った。そこまで石畳の道が連なっている。

あの門を一歩入ればそこはサバシュの後宮だ。何をされても文句は言えない。たとえ殺されても、誰も助けてはくれない場所だった。

おそらく、生きて出られることはないだろう。

アスラーンにも何か計画があったのかもしれない。月の物が始まったことを告げて、自分のやるべきことをちゃんと聞いておけばよかった。今となれば、それがなんなのか見当もつかないけれど……。

そのとき、チャウラが口にしたことを思い出した。

『おまえを皇太子殿下に献上して、処女じゃないってことが明るみに出たらどうなると思う？』

『ふたりは毎日浴場に籠もってました。男女が睦み合う声も聞きました。そう証言したら……』

彼女がもし嘘の告白をしたら、アスラーンはどうなるのだろう。

エヴァの背筋に悪寒《おかん》が走る。

「お待ちくださいませ、皇太子殿下！」

そのとき、駆けて来る足音と、サバシュを呼び止めるチャウラの声が聞こえた。彼女はサバシュの真後ろまでくるなり、ひれ伏して石畳に両手をつく。

「チャウラさん、やめてください。嘘は言わないで！」

「嘘なんて言いませんよ。あたし、アスラーン殿下とエヴァの秘密を……」

嬉々として口を開こうとしたチャウラだったが、顔を上げたとたん真っ青になる。

その直後のこと。背後から聞き慣れた声が耳に届いた。

「ほう、それはどんな秘密だ？　ぜひ、聞かせてもらおうか」

エヴァを抱いたサバシュが振り返ると、突如現れたように、後宮の門の前に立ちはだかる人影がある。

アスラーンだった。

今日の彼は藍色の絹サテンに銀糸で縁どられたカフタンを着ている。ヒューリャ宮殿を訪れるために用意された上等な品で、今朝、エヴァが彼の肩にかけた。

「皇太子殿下、私の奴隷が失礼をいたしました」

そのカフタンがわずかに乱れ、肩も激しく上下している。

先回りするために全力で内廷を走り抜け、たった今、駆けつけたと言わんばかりの姿だった。

「アスラーンではないか、おまえ、スーレー宮殿に帰ったのではなかったか？　そう連絡を受けていたと思ったが」

サバシュは眉をヒクヒクと動かしながら、不満そうに口にする。

すると、それについて釈明を始めたのはアスラーンではなく、横に控えたスーレー宮殿の内廷侍従、ゼキだった。

「申し訳ございません。門衛がスーレー宮殿の女奴隷が訪ねてきたことを伝えてしまいました。アスラーン殿下は女奴隷を連れて引き揚げるとの仰せです」

「なるほど……。しかし、ゼキ、それでは私が女奴隷の一件をアスラーンに黙っていたみたいではないか。それに、おまえの主人はこのアスラーンではなかったか？　主人を差し置いて発言すべきではないな」

同じことをエヴァも感じた。

サバシュも弟の立場を思い、親切心から口にしているのだろう。そう思いたかったが、彼女が上を向いた瞬間、サバシュのアスラーンを嘲笑《あざわら》うまなざしに気づいてしまう。

そしてそれは、サバシュの注意を受けたゼキにしても同じだった。

「私は皇帝陛下に仕える身。忠心は皇帝陛下に捧げております」

彼はアスラーンではなく、サバシュに向かって膝を折る。それはあまりにアスラーンを蔑《ないがし》ろにした態度だ。

だが、そんな挑発に易々と応じるアスラーンではなかった。

彼は薄笑いを浮かべてサバシュと向き合う。

「ゼキ同様、私も皇帝陛下に誠心誠意尽くす所存です。いずれ帝位を継がれる皇太子殿下にも。……では、私の奴隷を返していただけますか？」

「いいだろう。その、黒い肌の奴隷を連れて帰るがよい」

サバシュは顎を動かし、チャウラを示した。

アスラーンはチャウラを一瞥すると、即座に言い返す。

「殿下が腕に抱えておられる少女も、我が宮殿の女奴隷でございます」

「ああ、そうだったな。テティス島攻略のときに、おまえが捕まえたのだった。十年でずいぶんと可愛らしい娘に育った。もう、大人の女になったと聞いたのでな。本日より我が後宮に入れる」

アスラーンの黒い瞳が射るように鋭くなり、そのままエヴァを見る。

視線で人を殺せるなら、間違いなくアスラーンのまなざしに射殺《いころ》されていただろう。十八歳の娘にも感じることのできる殺気を、今のアスラーンは全身に纏っている。

「そんな怖い顔をするものではない。可愛い娘が怯えておるではないか」

サバシュの声とともに吐息が頬に近づいた。

温かい吐息が妙に生臭く感じ、エヴァは吐きそうになる。だが、サバシュに逆らうことが何を意味するか、先ほど言われたばかりだ。

（わたしだけなら、殺されてもかまわない。でも、アスラーン様にご迷惑をかけてしまう。それに、ひょっとしたらお姉様にも……）

そう思うと顔を背けることにも躊躇《ためら》いを覚え、エヴァはグッと耐える。

「ほう、いい香りがするな、この娘は。頭から食ってしまいたいほどだ」

それはまるで本当に食べられてしまいそうな、得体の知れない恐怖を思い起こさせる声だった。

エヴァが身体を竦めたとき、彼女の頬にサバシュの唇が押し当てられた。グッと唇を噛み締める。

だがそれが首筋まで続き、うなじをペロッと舐められた瞬間、限界を超えた。

「きゃっ……いやで、す……やめて」

もがくように暴れると、サバシュの怒りは瞬時に高まった。

「なんだ、この娘は!!」

そう叫ぶなり、手を放すだけでなく、力を込めて石畳の上に叩きつけようとした。

ふいに身体が宙に浮き、強い力で下に押し出される。石畳がエヴァの眼前に迫り、なす術もなく目を閉じた。

そのとき、横から掻っ攫《さら》うように身体を引っ張られた。それはあまりに強い力で、腕や肩が千切れるように痛む。

「頭から叩き落とすなど……殺す、おつもりか?」

エヴァはアスラーンの腕の中にいた。

彼は石畳に膝をつき、サバシュに平伏《へいふく》するような格好で彼女を抱き締めている。

「無礼を働いたからだ。奴隷を生かそうが殺そうが、私の勝手だ」

「この娘はまだ、私の奴隷です」

「大人の女になるまでだったはずではなかったか?」

「私はまだ確認しておりません。医師立ち会いのもとに身体をあらためさせ、その後、皇太子殿下に献上する。それが皇帝陛下と交わしたお約束」

アスラーンは片膝立ちになり、顔を上げる。

「――それ以上は譲れぬと、申したはずです」

唸るように口にしたあと、サバシュを睨みつけた。

だが、アスラーンの行動はサバシュの怒りの炎を煽《あお》ることになる。

サバシュは腰に差した小刀を摑み、鞘《さや》から抜き放った。

「譲れぬ、だと？　奴隷の子の分際で、偉そうなことを申すな!!　貴様の母は東方の国から連れてこられた性奴隷ではないか。お情けで皇子の身分をもらいながら、第一夫人《バシュ・カドゥン》を母に持つこの私に逆らうとは！」

切っ先をアスラーンの首に押し当て、サバシュは奇怪な笑い声を上げる。

「皇子と呼ばれるのもあと少し。私が皇帝となれば、貴様から身分も財産もすべて奪ってやる。スーレー宮殿からも叩き出して、貴様の軍など一気に叩き潰す。奴隷の子は奴隷。本来の身分に戻るのだから、不満はあるまい！」

アスラーンは瞬きもせず、サバシュの顔を見上げていた。ただ静かに、腕に抱いたエヴァを下ろす。そしてそのまま、自分の背後に移動させた。

それはまるでサバシュの刃から、彼女を守るような動きだった。

「――御意」

そのひと言を口にしただけで、彼はサバシュから目を逸らさずにいる。

エヴァは彼の背中にしがみつき、震えていた。

（皇太子様は、本当にアスラーン様を斬ってしまうおつもりなの？　そんな……わたしが嘘をついていたばかりに）

エヴァは覚悟を決めると、アスラーンを庇うために彼の前に飛び出そうとした。だが、アスラーンは強い力でエヴァを背後に押さえ込んでいる。華奢なエヴァでは身じろぎもできなかった。

誰もが息を呑み、このふたりの間に割って入ることを躊躇している。

サバシュは小刀を抜いてしまった。皇太子の名誉に懸けて、彼は自分から引かないはずだ。誰かが止めなければ、アスラーンを殺すところまでいくかもしれない。

（アスラーン様の代わりにわたしをお斬りください、そう言えば……動けないけど、叫ぶくらいなら）

エヴァが口を開こうとした寸前、ゼキが動いた。

彼はスッとサバシュの横に立ち、身を屈めるようにして何ごとか耳打ちする。内容は聞こえなかったが、とたんにサバシュの表情が緩んだ。

サバシュはゼキが拾い上げて差し出した小刀の鞘を受け取ると、静かに収める。

「たしかに、皇帝陛下がおまえと交わした約束だ。私も陛下の命に背くつもりはない」

「恐れ入ります」

背中を向けたサバシュに、アスラーンは深々と頭を下げたのだった。

☆　☆　☆

馬に乗って移動するアスラーンの後方を、エヴァとチャウラは並んで走った。

チャウラもさすがに何も言わない。エヴァから話しかける余裕もなく、ふたりは黙々とアスラーンたちの馬を追いかけた。

スーレー宮殿に戻り、早速、エヴァは医師の診察を受ける。

月の物が始まっており、すでに大人の女である、と証明された。同時に処女であることも認められる。

そのことはアスラーンにも伝えられ、エヴァは彼の私室まで呼び出された。

床に敷かれた絨毯《じゅうたん》は、本来なら奴隷が足を置くことは禁じられている。だがアスラーンに命じられ、エヴァは真ん中に座った。

彼女の正面には、長椅子に腰かけたアスラーンがいた。

「医師には、私の不在中に始まったと言い訳したようだが……それは事実ではあるまい！　エヴァ、正直に言え!!」

診察では三人の医師に囲まれ、初めて月の物があったのはいつだ、と聞かれた。

女奴隷に対する医師たちの視線は冷たい。『一年以上前』と答えた場合、アスラーンの失態と言われかねない。だから、アスラーンが出発した直後の三ヶ月前、と答えたのだ。

証拠はないのだから、このまま三ヶ月前で押しきればいい。

そう思いつつ、エヴァはゆっくりと口を開いた。

「誕生日です……十七歳の、誕生日を迎えた月に……」

「十七だと!? 十八ではなく十七の誕生月だと言うのか? おまえは、一年以上も私を騙《だま》していたのか!!」

堪えきれないといった様子で、アスラーンは長椅子から立ち上がった。

彼の怒声に全身が震え、ろくに頭も回らない。

「騙す……なんて、そんなつもりは」

「どんなつもりであれ、嘘をつくことを騙すと言うんだ!」

「申し訳……あ、ありません」

「謝って済むことだと思ってるのか? 愚かにもほどがある。そんな嘘がいつまで通ると思っていたんだ!?」

アスラーンの世話をする、という名目《めいもく》で、エヴァは個室を与えられていた。そうでなければ、同室の者にすぐに気づかれていただろう。

「す、すみません。チャウラさんに気づかれていたとは思いませんでした。あの……」

日常的に行われていたチャウラからの苛め。そのことを話すかどうかエヴァが迷っていると、アスラーンのほうから仕方なさそうに切り出した。

「チャウラの仕打ちには気づいていた。だが、ひとりぐらいは本気でおまえを苛める人間が必要だった――」

思えば、この宮殿に入ったその日にエヴァは個室を与えられた。アスラーンの世話係を命じられ、主人の私室にも自由に出入りすることを許されたのだ。さらには、浴場の管理を任されたことで、ほぼ毎日といっていいほどエヴァも入浴の恩恵にあずかった。

それはチャウラの苛めが酷くなる原因にもなったが、反面、それ以外の人たちはエヴァに同情してくれた。

チャウラがいなければ、エヴァは贔屓《ひいき》と言われてみんなに苛められたかもしれない。

「奴隷たちのやり取りに必要以上は介入できない。後宮なら私の好きにできるが、内廷でやり過ぎると帝都まで筒抜けになる。私にとっておまえが特別だと思われると、元王女の身分を隠している意味がなくなる。だから、チャウラを利用した」

「そんな……全部、ご存じだったたなんて」

チャウラはおそらく、アスラーンに気づかれないよう上手くやったと思っているはずだ。それがすべて、彼の掌の上で踊らされていたと知ったら、驚くどころではないだろう。

「ああ、知っていた。あの女がゼキに言い寄られ、スーレー宮殿の情報を流していることも。この私が神に背いて、すでにおまえの処女を犯している、と騒ぎ立てるつもりでいることも。すべて織り込み済みだ。おまえが一年以上も前に、大人の女になっていた、ということを除けば!!」

そう言いきると同時に、彼の拳は部屋の真ん中に立てられた柱を殴りつけた。大きな音が響き渡り、建屋自体が小刻みに揺れる。

「私の遠征中に連れて行かれていたら、どうなっていたと思う？」

誰も引き止めてはくれないはずだ。

エヴァはヒューリャ宮殿の後宮の住人になっていただろう。それは二度とアスラーンに会えないことを意味している。

「たとえそれでも、アスラーン様は困らないでしょう？　月の物がくることを待ち望んでおられたのだから……」

アスラーンがどうしてここまで怒るのかわからず、エヴァの小さな声はますます小さくなる。

「それは――サバシュではなく私の後宮に入りたい――あの言葉がでまかせだったということか？」

「いえ、そうではありません！　仮に連れて行かれても、アスラーン様にとってはなんの問題も……」

アスラーンに伝えた言葉はすべてが本心だ。

オルティアとの再会より、アスラーンの傍らにとどまることを選んだ。彼の恩義に報いるため、王女として責任を果たすためだった……最初は。

でも今は、責任だけとは言えない自分に戸惑いを覚える。

口ごもる彼女に向かって、アスラーンは吐き捨てるように言った。

「ああ、そうか。私はずっとおまえを王女として見てきた。だが目が届かぬうちに、奴隷根性が染みついてしまったらしい」

「それは……どういう意味ですか？」

「生き残るためには、自らが奴隷であることを受け入れなければならない。それは自尊心を捨て、ときには這いつくばり、主人の言葉に迎合《げいごう》すること。女なら……慣れれば、主人の肉の棒を咥えるくらい造作ないことに思える」

アスラーンの説明に、頬が熱くなる。エヴァが彼におもねる態度を取ったのは、すべてが奴隷根性ゆえだと言っているのだ。

「そうではありません！　そんなつもりでわたしは……アスラーン様の」

「私の男根をしゃぶったわけではない、と？」

「もちろんです!!」

「そうか、奴隷根性でないなら、おまえは自らの意思で私に奉仕すると見せかけて裏切っていたのだな。長年に亘り、助けを求めるふりをして欺き続けた！」

エヴァは声も出せず、首を横に振ることしかできない。

騙すつもりなどなかった。エヴァは少しでも長くアスラーンに仕えたかったのだ。

それはすべて、王女として国民と家族を救ってくれた彼に対する感謝の思い。そして、何よりも大切なアスラーンに向かう思慕《しぼ》の念。

（主人なら、誰でもいいのではなくて……アスラーン様だから……）

伝えたい思いはひとつなのに、それが伝わらない。

「サバシュから通達があった。七日後の早朝、おまえをヒューリャ宮殿の後宮まで送り届けよ、との命令だ」

視界がゆらゆらと揺れて、温かいものが頬を伝い落ちていく。

ふと気づけば、アスラーンが目の前に立っていた。長い指先がエヴァの顎に触れ、クイと上を向かされる。そのまま、唇が触れそうなところまで近づいてきた。

「その清らかな涙に、十年も騙され続けた。だが忘れるな。おまえのすべては私のものだ。このまま、おとなしく手放すと思うなよ」

アスラーンの吐息は燃えるように熱かった。

☆　☆　☆

あの日以来、エヴァには見張りがつけられている。内廷どころか自分の部屋から出ることも許されず、アスラーンの世話係の任も解かれた。

奴隷たちとの会話を禁じられてしまったため、宮殿内の様子もまったくわからない。食事のときまで、アスラーンの小姓が見張りとして立ち会っているせいだ。どれほど話しかけても、誰も天気の話にすら応じてはくれなかった。

不安が募る中、とうとう六日目の朝を迎える。

その日エヴァに食事を運んできてくれたのは、少し落ちつきは足りないが、陽気なミュゲだった。

エヴァの着替えがまだだったため、見張りは渋々外に出てくれた。その隙《すき》を見計らって、ミュゲに話しかけようとする。

ところが、先に口を開いたのはミュゲのほうだった。

「エヴァ、ごめんね。全部あたしのせいなんだ。本当にごめんっ！」

いきなり謝られ、エヴァは面食らってしまう。

「どうしたの？　ミュゲが謝るようなことではないわ」

「違うの。あたしが、言っちゃったんだ。エヴァが大人になったみたいって」

「いつ……わかったの？」

ミュゲに気づかれていたことに驚き、思わず問い質してしまう。

「エヴァとチャウラがヒューリャ宮殿に行った前の日。こっそり洗濯してるのが見えて、一日も早く報告したほうがいいって思ったんだ。だって、せっかく後宮に入れる大人の女になったんだよ。その前に処女を奪われたら、妾妃になれなくなっちゃう。奪った男が愛人にするとか言い出したら、後宮にも入れなくなるじゃない！」

エヴァは呆然としていた。

ミュゲの言うことは間違ってはいない。中には政敵の娘が皇帝の後宮に入ると聞き、娘を拉致《らち》して処女を奪い、自らの愛人にした高官もいたという。

処女でなくとも、愛妾たちの世話係や妾妃付きの女官など、役付きで後宮に上がることは可能だ。もちろん、主人の目に留まり、寵愛を得ることもある。だが身分は愛妾止まり。妾妃に上がることはできない。

「だから、ヒューリャ宮殿から使いがきてたときに言ったの。それなら、チャウラが卑怯なことをたくらむ時間もないと思って」

しかし、ミュゲの予想は外れ、チャウラは充分に卑怯なことをたくらんだ。

「ねえ、ミュゲ。そのヒューリャ宮殿の使いって、名前はわかる？」

「うーん、わかんない。あ、でも、女官長の使いって言ってたよ」

たった一日で、エヴァをヒューリャ宮殿に連れて行けた理由がわかった。女官長もグルなのだ。向こうで医師の診察を受けていたら、処女ではない、と言われたかもしれない。そうなれば、チャウラの証言は正しいことになってしまう。

サバシュが現れて後宮に連れて行くと言い出したとき、女官長は本当に驚いていた。計画が急過ぎて、きっとサバシュにまでは話が届いていなかったのだろう。

「でも、アスラーン殿下があんなに怒るとは思わなかった。チャウラがいなくなったのは嬉しいけど……」

「え？　チャウラさんがいなくなったって、本当に？」

「うん！　あの翌日にはいなくなって、全然知らない人が女奴隷長だって言われたの」

奴隷たちの間では、チャウラはヒューリャ宮殿の女奴隷長になったのではないか、という噂だ。

「ビックリしたなぁ。エヴァが皇太子殿下の後宮に入ることになってたなんて！」

ふいに言われて、エヴァはなんと言えばいいのか迷った。だが、そんなエヴァの様子は全然気にならないらしく、ミュゲは一方的に話し続ける。

「でもエヴァがあっちに行ったら、チャウラにまた会っちゃうよね？　あ、でも、今度は後宮に入るんだった。もう、チャウラに苛められることはないんだ。いいなぁ」

自分はこのまま本当に、サバシュの後宮に入れられてしまうのだろうか？

ミュゲは嬉しそうに言うが、エヴァにはとてもそうは思えなかった。激怒させてしまったアスラーンのことも気にかかる。

彼は『おとなしく手放すと思うなよ』と言った。あの言葉から考えても、このまま黙ってエヴァをヒューリャ宮殿に送り出すとは思えない。

アスラーンの怒りが冷めていないのは、この六日間、一度も会ってもらえないのが証拠だ。身の回りのことも、浴場でのお世話も、エヴァの代わりは女奴隷ではなく小姓に命じたらしい。

「ねえ、エヴァ。あっちで出世したら、あたしのことも呼んでくれる？　専属の世話係に選んでよ。ねっ！」

「ミュゲ、少し落ちついて。皇太子様にお会いしたけれど、とても女性に優しい方とは思えないの。このままスーレー宮殿にとどまって、アスラーン様の後宮に入ったほうがいいと思うわ」

すると、ミュゲの顔が急に真剣なものに変わった。

パッとエヴァの手を握り、声を潜めて言う。

「ひょっとして、エヴァも知らないの？　アスラーン殿下の噂」

「……え？」

ミュゲは誰もこないことを確認しながら、さらに声を潜めた。

「あたしもつい最近知ったんだ……スーレー宮殿の後宮では、毎晩のように死体運搬車が出入りしてるって話」

アスラーンは父親の皇帝には軽んじられ、サバシュの母親、皇帝の第一夫人からは何度となく命を狙われてきた。その第一夫人がちょうど十年前に亡くなり、執拗《しつよう》に狙われることはなくなった。

だが、ホッしたのもつかの間、今度はサバシュから奴隷同然に扱われるようになる。

皇帝やサバシュが計画した戦いに問答無用で出撃を命じられ、帝国を勝利に導くまでアスラーンには引き下がることも許されないのだ。

そのくせ、戦利品のほとんどは帝都に運び込まれ、残った中で目ぼしいものはサバシュが持っていってしまう。命がけで勝利をもぎ取ったアスラーンに残されるのは、いつもわずかなものだった。

褒美どころか褒め言葉すら与えられない。そんな彼は怒りの捌《は》け口として、後宮の女たちを利用しているのだという。

帝国内の有力者にとってアスラーンの妃の座など、手に入れても無駄なもの。むしろ、アスラーンと繋がりがあるというだけで、出世の妨げにもなりかねない。そのため、スーレー宮殿の後宮にいるのは異国から攫ってきた、あるいは奴隷として売られてきた女がほとんどだった。

しかも、見目麗しく、歌や踊りの上手な女は皇帝やサバシュが持っていく。結果的に、アスラーンの後宮には見た目や素性に問題がある女たちばかりが残った。

「身元がはっきりしない女たちばかりだから、たとえ死んでも誰も文句を言わないでしょ？　だから、しょっちゅう死体運搬車が使われてるって話。あと、自由になるお金が少ないから、飽きた女は死んだことにして売春宿に売り払われるって聞いたよ」

ミュゲは、「後宮には入りたいけど、アスラーン殿下の後宮には……」と言葉を濁した。

せっかく夜伽を命じられても、腹立ち紛れに殺されたり、売春宿に売られたりしたのでは堪らない。それくらいなら、裕福な商人の愛人になるほうがマシ、といった言葉をおずおずと付け足す。

「戦場では無抵抗の女子供も殺してるって聞いた。だから、〝血に飢えた獅子《クルムズ・アスラーン》〟なんて呼ばれてるとか」

アスラーンに限って、そんなことはあり得ない。ミュゲの話は、ほとんどが単なる噂話ではないか。

そう思う反面、ここ数年、後宮に入っていった女の数は増えているのに、必要とされる食べものの量はあまり増えていないことを思い出す。

安全のため人数は極秘とされているが、正確な数字を明かしてしまうと、計算が合わなくなるからではないか。

考えれば考えるほど、エヴァはミュゲの言葉が正しいようにも思えてきた。

十年もこの宮殿で暮らしながら、初めて聞いた〝アスラーンの後宮〟に関する噂に、戸惑いを隠せないエヴァだった。

☆　☆　☆

空から黒い天幕がゆっくりと下りてきて、昼間の暑さが嘘のように涼しくなる。

内廷のあちこちに篝火《かがりび》が灯され、それは衛兵の交代の時間を意味していた。

エヴァはアスラーンの部屋の窓越しに、その様子をジッとみつめる。後宮に入れば、衛兵の姿など間近で見ることもなくなるはずだ。そう思うと妙に感慨深い。

陽が沈む直前、アスラーンの小姓が人目を忍ぶようにエヴァを呼びにきた。

『アスラーン殿下がお待ちです』

小姓はそれだけを告げる。

『わたしのことを待っておられるというの？　でも、今からなんて……あの、何かご存じですか？』

エヴァは呼ばれた理由を尋ねたが、小姓は首を横に振るだけだった。

そのままアスラーンの部屋に向かうのかと思えば、先に入浴を済ませるよう言われる。

そして連れて行かれたのは、内廷で働く女奴隷たちが使う浴場だった。

奴隷たちにのんびりと汗を流す時間など与えられていない。そのため、溜められた湯で身体を洗い流すようになっている。湯が冷めないように全員が同じ時間に入るので、普段は座る場所もないほど混み合う。だが今は、ひとりも入っていなかった。

エヴァがこの浴場を使うのは、アスラーンが不在のときに限られていた。アスラーンがいるときは、そのまま彼の浴場を使わせてもらえるためだ。

いつもは狭く感じる場所が、今日はとんでもなく広い。

ひょっとしたら、エヴァのためにわざわざ湯を沸かしてくれたのかもしれない。そう思うと、ありがたいような、切ないような、なんとも言えない気持ちになる。

エヴァは泣き顔を何度も洗いながら、スーレー宮殿での最後の入浴を済ませたのだった。

そのあと、アスラーンの部屋に通された。彼は入浴中だったため、待つように言われる。

それも、居間ではなく寝室で。

たくさんの疑問が頭に浮かんだが、尋ねたくても近くには誰もいない。

エヴァは白い夜着の胸元を押さえて立ち、内廷の庭をジッとみつめていたのだった。

カタン、と出入り口から音が聞こえ、エヴァはハッとして振り返る。両開きの扉は大きく開けられ、そこにアスラーンが立っていた。

部屋の四方に点《とも》された灯りが、彼の濡れた黒髪を艶めかせている。前髪から雫が滴《したた》り落ち、アスラーンは邪魔くさそうに濡れた前髪を指先で払った。そのなんでもない仕草にも、エヴァの鼓動は激しくなる一方だ。

彼女は慌てて視線を床に落とし、アスラーンに向かって膝を折る。

「来たな。ひとつ確認しておく。月の物は終わったんだな」

「……は、はい……」

それがどうしたというのだろう？

エヴァはようやく少し落ちついてきた。冷静になって考えてみると、アスラーンはすでに就寝用の夜着に着替えを済ませている。ここで彼女にできることは、ひとつもないように思えた。

「あの、アスラーン様……わたしは、明日の朝、ヒューリャ宮殿に行かされるのでしょうか？」

「それが皇太子の命令だ」

「そう……ですよね。あの……長い間、お世話になりました」

エヴァは絨毯の上に手をつき、ひれ伏すように頭を下げる。

「ふーん、おまえの言いたいことはそれだけか？」

少し顔を上げると、そこにアスラーンの足が見えた。

今日はそんなに怒っていないみたいだ。六日が過ぎ、ようやく怒りも鎮《しず》まってきたのかもしれない。

そう思うと、エヴァはホッとする反面、少し寂しかった。

「いえ、助けていただいて感謝しております。わたしにできることがあれば、なんなりとお申しつけください」

「なんでもいいのか？」

「は……い」

そう答えたあと、チャウラやミュゲから聞いた言葉が頭に浮かんでくる。

「ご命令とあらば、皇太子様のもとに参ります。でも、わたしの主人はアスラーン様だけです。あなた様のためなら、いつでも喜んでこの命を捧げます!!」

エヴァは胸の前で両手を組み、目を閉じる。

すると、アスラーンの地を這うような低い声が聞こえてきた。

「…………それはなんの冗談だ」

消える寸前の怒りの炎がふたたび燃え上がりそうな予感に、エヴァは息を呑む。そして恐る恐る、チャウラやミュゲから聞いたことを話したのだった。

話し終えるなり、アスラーンは声を荒らげた。

「だから、サバシュの後宮にやる前におまえを殺して死体を極秘裏に処分する、と。——

馬鹿者!!」

「すっ……すみません」

月の物がきていたことを黙っていたせいで、アスラーンになんらかの迷惑をかけるのであれば、この命ひとつで済むなら惜しむつもりはない、と言いたかった。

エヴァが謝ることしかできずにいると、アスラーンは呆れたように腰を下ろし胡坐《あぐら》をかいた。

「おまえを手放して片がつくことなら、六年前、サバシュにおまえを寄越せと言われたときに、さっさと渡していた」

「では、どうして渡さずに、ここに置いてくださったのですか？」

それは一番聞きたいことだった。

エヴァがジッとみつめていると、アスラーンはさらりと答える。

「何を今さら。おまえは十年も前から私のものではないか」

「ア、アスラーンさま……」

アスラーンの言葉に女奴隷として仕えた十年間が報われた気がして、エヴァは胸の奥が温かくなる。

「あ、ありがとうございます。わたしは日々のお世話をするくらいで、とてもアスラーン様のお役に立っているとは思えませんのに。それに、きっとお姉様のほうが美しい髪をしていて、見た目も麗しくなっておられると……」

比べるつもりはなかったのだが、ついつい思い出して口にしてしまう。

するると、アスラーンは途端に苛立ちを露わにした。

「オルティアは関係ない！　たとえおまえがどれほど貧相な身体をしていようと、誰にも譲るつもりはないと言ってるんだ」

浮き立つ気持ちに冷水をかけられた気分だ。エヴァは返す言葉もなく黙り込む。

（誰にもって……喜んでいいの？　でも、やっぱりアスラーン様も貧相って思っていらっしゃるんだわ）

切ない気持ちでエヴァは自分の胸を見下ろした。

その直後、耳朶《じだ》に熱い吐息が触れる。

「なんだ。私の言葉に不満がありそうだな？」

「い、いえ、そんなことは……」

「いいだろう。私がたしかめてやろう」

何をたしかめるつもりなのか、エヴァが尋ねようとしたとき、大きな手が彼女の胸を鷲《わし》掴《づか》みにした。

「え……？　あ、ちょっと、待っ……て、やぁあっ」

アスラーンの右手は薄い衣越しに胸を掴み、ゆっくりと揉《も》みしだく。左手はエヴァの腰を掴み、逃がさないようにした。

これまでは、裸のアスラーンの前にエヴァがひざまずき、手や口で奉仕することが中心だった。それが今夜は彼のほうからエヴァの身体に触れてくる。

「どうして……触るのですか？」

これは浴場で奉仕させることの続きなのだろうか？

そう考えたら抵抗するわけにもいかず、アスラーンにされるがままとなっていた。

「アスラーンさ……ま、お願、い……待って」

「暴れるな。おまえに逆らう権利はない。そもそも、自分で言ったんだ——なんなりとお申しつけください——違うか？」

黒い瞳をわずかに細め、うっすらと笑う。

「それは、そうですけど……でも」

反論を唇で塞がれた。

それはエヴァにとって初めての口づけだった。

思ったより柔らかな唇を押し当てられ、身体がふわふわして変な気分になる。気持ちがいいような、くすぐったいような……優しく下唇を食まれて、エヴァは腰が砕けそうになった。

「あ……ふ、ぁんん……やぁん」

「これはまた、ずいぶん甘い声だ。医師の診立《み》てがなければ、すでに男を知っていると思うだろうな」

愛おしむような口づけが嘘のように思える。

アスラーンの口から零れるのは、エヴァを責め立てる辛辣《しんらつ》な言葉ばかりだ。

「すでに女の躰をしながら、夜ごとおまえの口で果てるのを見て、笑っていたのか？　甘い声と甘い言葉で私を錯乱《さくらん》させ、一年以上も騙し続けたとは……」

喉の奥から絞り出すような声に、エヴァは衝撃を受けていた。

アスラーンを錯乱させた覚えなどない。ただただ、彼が望み、エヴァの与えられるものなら、すべてを差し出したいと思っていただけだ。

十年前を境にアスラーンは変わった。そんな噂話を内廷で働く小姓たちから聞いたことがある。

現皇帝は戦に次ぐ戦で、ひたすら領土を増やしてきた。サバシュは好戦的なわりに自ら戦おうとはせず、部下の手柄を横取りして皇帝に献上する。そんなサバシュを次の皇帝に望まない一派にとって、アスラーンは希望の星だった、と。

だが、かつてのアスラーンは戦いを好まない男だった。襲われたら身を守るが、決して自ら攻めることはしない。

『孤高の獅子は草食らしい』

サバシュを推す一派から笑われても、アスラーンは血腥《ちなまぐさ》い世界に身を置こうとはしなかった。

そして、そんなアスラーンだからこそ、帝位を継ぐのにふさわしいと思われていたのだ。

それを〝血に飢えた獅子〟に変えたのは……きっと、幼く愚かなエヴァの願い。十年前といえば、他には考えられない。

あのとき、エヴァの願いを叶えるため、アスラーンはどれほどの犠牲を払ってくれたのだろう?

いや、それはきっと今も続いている。アスラーンにはもっと違う生き方があったのかもしれないのに。そう思うと、申し訳なさに涙が零れる。

「泣いても無駄だ。今夜ばかりは、許す気はない」

「わたしを……どうするのですか?」

今夜のアスラーンは顔つきも違う。

これまで見たこともないほど、瞳に熱を孕んでおり、動作も荒々しい。

「ミュゲから〝血に飢えた獅子〟と聞いたのだろう?――おまえの血が欲しい。たとえ苦痛に泣き叫ぶことになっても、私の気が済むまで付き合ってもらうぞ」

言うなり、エヴァは横抱きにされた。

アスラーンは大股で寝室を横切り、腕に抱いたエヴァを寝台に下ろす。すぐさま、腰紐がほどかれ、アスラーンの手が夜着のあわせにかけられた。

声を上げる間もなく、エヴァは上半身を裸にされてしまう。

慌てて胸を隠そうとしたとき、

「隠すな！　命令だ。隠すことは許可しない」

怒鳴り声にビクッとしてエヴァの身体は硬直した。

アスラーンの唇が初々しい胸に吸いつく。ピンと張った艶やかな肌、小ぶりだが形よく盛り上がった胸がふるんと揺れる。

「あっ……あのっ……あっん」

薄明かりの中、真っ白い乳房には吸われた赤い痕がくっきりと見えた。

こんな痕をつけた身体で、サバシュの後宮に入るのはまずいような気がする。そう思うのだが、上手く言葉が出てこず、アスラーンに身体を預けるままだった。

エヴァが深呼吸を繰り返すと、胸がゆっくりと上下する。捉えどころのない快楽に身を委《ゆだ》ねてしまわないよう、必死で自分を抑えた。

だが、他のことを考えようとすると、とんでもない言葉まで思い出してしまう。

『おまえの血が欲しい』

これはどういう意味なのか。

アスラーンは理由もなく女性を殺したりはしない。

彼を信じて、ただ彼の求めに応じればいい。

そう思う反面、無心になって快感を受け入れようとしているみたいで……。そんな自分に躊躇いも覚える。

(わたし……ど、どうすればいいのかしら?)

混乱しながらも、エヴァの身体はしだいに熱くなっていく。

朱色の刻印がいくつも増え、やがて胸の頂まで口腔に囚われてしまった。

「あっ……はぅ……あぁっ！」

生温かい感触に先端が包まれ、痛いほど強く吸い上げられる。

それまでの、時折感じるピリッとした痛みとは違い、ジワジワと込み上げてくるような痛み……いや、痛みに近い感覚というべきだろうか。

奇妙な感じが全身を走り、少しずつ下腹部に溜まっていく。

それは快感と不快感とがない交ぜになった、不思議な感覚だった。

「脱がせてみれば胸の形は悪くはないな。それに、絹のような肌触りも私の好みだ。まだまだ反応は未熟だが、腰を動かし始めたということは、感度はよさそうだな」

彼は独り言のように呟きながら、両手で胸の形が変わるほど揉みしだいてきた。

衣越しにも揉まれたが、じかに触れられるのとでは肌に伝わる刺激がまるで違う。

「あ、痛っ……痛い……です」

「やかましい！　私におまえを気遣う義務などない。ただ、我慢していればいいんだ」

「は、はい……すみませ……んんっ」

今度は首筋を吸われる。

エヴァの肌を舐め尽くすように舌を這わせ、耳朶を甘噛みしたあと、ふたたび両手が胸を揉み始めた。

一瞬、ビクッとして身体が硬くなる。だがすぐに、その動きが先ほどとは打って変わって、滑らかなものになったことに気づく。

（アスラーン様は、やはりお優しい方……）

エヴァの胸に温かな思いが広がっていく。

この国の夜着は、エヴァの国でいうならナイトガウンのような作りをしていた。

アスラーンの片方の手が脇腹をなぞり、臀部にたどり着く。そのとき、かろうじて下半身を覆っていた布地を奪われた。さらには、腰に巻いていた下穿きまであっさりと剝ぎ取られてしまう。

「アス……ラーン、さま……これ、以上は……わたし、もう」

裸身を晒《さら》したまま寝台に横たわる。

エヴァは無防備な自分の姿があまりにも恥ずかしく、肢体をくねらせながら少しでも隠そうとした。

「隠すなと言ったはずだ」

「でも……きゃ」

彼の手がエヴァの両膝を摑み、左右に開いた。羞恥の場所を見られそうになり、慌てて膝を閉じようとする。

だが、力の差が歴然としていて、逆らうことはできなかった。

「い……や、です。お願い……見ないでください」

隠したくても隠せない。股を閉じることも、手で覆うこともできず、秘められた場所でアスラーンの視線を受け止める。

「恥じらう必要はないだろう？　いつも私の同じ場所を見ていたはずだ。お互い様だとは思わないか？」

とても彼の言うとおりとは思えなかったが、違うと口にする勇気はない。うなずくこともできず、エヴァは両手で顔を隠す。

「ああ、そうだ。いつもの礼をしよう。暴れたら、痛い思いをすることになるぞ。ジッとしているように」

そんなふうに言われたら、余計に怖くて動けない。

目を閉じたまま動かずにいると、開かされた両脚の間に人の気配を感じた。直後、ぬめった感触が秘所の割れ目をなぞる。それは掠《かす》める、といった軽い触れ方ではなかった。ねっとりとしていて、まるで舐められたかのような……。

急いで目を開け、下腹部に視線を向けると、そこには我が目を疑う光景が広がっていた。

「や……やだ……アスラーン、様……何をして、おられるのですか？」

脚の間に顔を埋め、エヴァの羞恥の場所に舌を這わしている。その行為自体は聞かなくてもわかるのだが、どうしてアスラーンがそんなことをするのだろう？

「いつもの礼だと言っただろう？　今夜は私が舐めてやる。たっぷりと感じるがいい」

「そんな……アスラーン様は皇子様なのですから、こんなことをしてはダ……メ……ああぁーっ！」

彼の舌が割れ目を上に向かってなぞる。栗色の茂みに隠れた花芯を見つけ出され、エヴァは一瞬で頤《おとがい》を反らせた。

触れられた部分がジンジンと痺れている。舌のほろ温い感触も残っていて、エヴァは脚を閉じることができない。

「どこが、ダメだって？　ああ、ココか。だが、ココはずいぶんと気持ちがよさそうだぞ。女はこの部分を吸われるのが好きらしい。おまえもやはり、女だな」

嘲弄《ちょうろう》めいた声に、エヴァは頬がカッと火照った。

恥ずかしさに身を捩るが、脚の間がヌルヌルとして気持ちが悪い。しかも、疼きは治まってはいなかった。

「本当は舐められて気持ちよかったのだろう？」

そんな言葉を女の身で口にできるはずがない。

アスラーンの考えがわからないまま、エヴァは必死で訴えた。

「もう……勘弁してください。これ以上は……ア、アスラーン様に、許してはダメだと……思うのです」

本心はアスラーンにすべてを捧げてしまいたかった。だが、処女のままでサバシュのもとに行かなければ、アスラーンの立場が悪くなる。

エヴァが涙を堪えていると、ふいに手を取られ、彼女自身の膝に置かれた。

「あ、あの？」

「両脚を開いたまま、しっかりと押さえていろ」

「そっ……そんなこと、あ……やだ、アスラーン……さ、ま……やぁっ、やだ、あ、あ、あーっ!!」

許して欲しいとふたたび口にするつもりが、あられもない声を上げるだけになる。

その直後、アスラーンの舌がひと息に花芯を捕まえた。

音を立てて吸われたあと、舌で転がされ、執拗なまでに舐《ねぶ》られる。ゾクッとする感覚が走るたび、蜜穴からトロリとした温もりが溢《あふ》れ出てきた。流れ出た蜜は割れ目に沿って寝台に零れ落ち、敷布を濡らしていく。

エヴァは口を開けてはあはあと荒い息を繰り返す。

自分がどうなってしまったのか、何をされているのか、そして、これから何をされるのか、はっきりとはわかっていなかった。

ぐったりして手を膝から離そうとしたとき、

「まだ、だ。手を離していいとは言ってない」

アスラーンの厳しい命令は続いていた。

「ア、スラーン、さま……もう、わたし、もうダメ」

もう一度舐められ、同じような感覚を味わうことにでもなれば、エヴァはこのままサバシュの後宮に入る自信がなくなる。

(きっと、行きたくないと泣いてしまうわ。アスラーン様に助けてくださいって、また縋ってしまう)

エヴァの心は千々に乱れた。

しばらくすると、今度は唇でなく指先が、エヴァの濡れそぼつ秘所に触れたのだった。

グチュグチュと羞恥の水音がアスラーンの寝室に響く。

「はぁうっ！　あ……んんっ……こ、今度は、指なんて……もう、許して」

泣くように悲鳴を上げ、エヴァは懇願した。

だが、アスラーンの表情は躊躇いのひとつも見せない。

「いいや、ダメだ。私を騙した報いがこの程度で済むものか。エヴァ、覚悟するんだな」

「それは……それは、どういう……あ、ああっ」

スルリと長い指先がエヴァの体内に滑り込んだ。

彼は挿入を第一関節で止め、膣口をゆるりと掻き回す。蜜の溢れる入り口を刺激され、エヴァの身体は小刻みに痙攣《けいれん》した。

「心配するな。ほんの入り口を可愛がってやるだけだ。この辺りまでなら、経験がなくともつらくはないはずだ」

その言葉どおり、つらいことなど全くない。

ただ心地よく、エヴァの身体に悦びの味を教えてくれる。

（わたし、こんなふうに気持ちよくなっていてもいいの？　恥ずかしい思いをするのが……アスラーン様を騙した罰なの？）

愉悦《ゆえつ》の波にふたたび連れて行かれそうになり、エヴァはキュッと目を瞑った。

次の瞬間、アスラーンの動きが止まり、波はこないままに終わる。

「どうだエヴァ、達《い》きかけたところを止められるのは苦しいだろう？」

「これが……罰なの、ですか？」

「まさか、そんなわけがない。おまえはまだ、一滴の血も流してはいないじゃないか」

ドキンと鼓動が弾んだ。

本当に覚悟を決めるときがきたのかもしれない。その思いを、エヴァは目を閉じたままで伝えた。

「わたし、アスラーン様の小刀で貫かれるのなら……かまいません」

「ほう、覚悟はできた、ということか？」

「……はい……」

アスラーンの深呼吸が聞こえた。

それは彼自身も覚悟を決めたといったふうに受け取れる。

「では——いくぞ」

短く告げた直後、エヴァの身体に熱いものが押し当てられた。

ただし、それは喉元でも心臓でもなく、蜜の溢れ出る場所。肉の猛りは凶器のように反り返り、獰猛さを露わにして一気に蜜窟を貫いた。

「待って、そこは……あぁぁーっ！」

アスラーンの肉棒は未通の処女襞を引き裂き、隘路《あいろ》を強引に拓《ひら》いていく。

痛みを伴う乱暴な挿入に、エヴァの気は遠くなる。繋がった部分に体重をかけられるたび、女の躰がギシギシと軋んだ。

「思ったとおり、狭いな。だが、初夜が手荒になるのは我が国の流儀だ。今夜だけ我慢しろ」

エヴァはひと声も発せず、奥歯を噛み締めた。

そんな彼女の腰を摑むと、アスラーンは自身の欲棒をさらに奥まで差し込んだ。勢いをつけて、蜜窟の天井を穿《うが》つように突き上げてくる。

悦楽は消え去り、痛みと悲しみにエヴァの心はいっぱいになった。

奥まで達したあと、彼はゆっくり引き抜いていく。少し楽になったと思ったとたん、またグンと押し込まれて……。

膝を支えていたエヴァの手はいつの間にか外れ、アスラーンの着崩れた夜着を摑んでいた。彼の袖を強く握り締め、荒々しい抽送に耐える。

「エヴァ、声まで我慢する必要はない。それに……もうすぐ終わる」

「んんっ……んんんっ……」

アスラーンの動きがいっそう速くなり、エヴァの身体はただ揺らされるだけになる。

しばらくして、唐突にアスラーンの動きが止まった。同時に、彼女の最奥で熱い塊《かたまり》が爆《は》ぜ飛んだ。白濁の奔流《ほんりゅう》が胎内《たいない》を駆け巡り、エヴァの中をいっぱいにする。

エヴァが初めて味わう痛み。

それは、彼女が英雄と崇めるアスラーンから与えられたのだった。

第三章　ハレムの宴《うたげ》

まず、エヴァを内廷の私室に呼び出す。

それからアスラーンとともに彼の後宮に入り、エヴァはアスラーンの妻となる。それも奴隷のエヴァではなく、ティオフィリアの王女、エヴァンテ姫として。

私室で十年前の真実を彼女に話し、納得の上で後宮に連れて行くべきだろうが……。

（ダメだ。今、話すわけにはいかない。私に騙されたことを知れば、エヴァはここを出ると言い出すはずだ）

エヴァはなぜ、一年余りもあんな嘘をついてきたのだろう？

彼女がアスラーンを慕っていることに間違いはないはずだった。ということは、祖国やオルティアのことで誰かに何かを言われたのかもしれない。

エヴァの耳に真相が入らないよう、彼女が元王女であることは伏せさせた。スーレー宮殿内では、ティオフィリア王国のことを口にしてはいけない決まりまで作ったのだ。

いや、聞いたのではなく、十年前に途切れた記憶が甦ったのだとしたら？

（もしそうなら、とっくの昔にエヴァは私を刺し殺しているだろう）

本当に十年もの間、エヴァが自分を偽ってきたとは思っていない。サバシュの後宮に入りたがっているとも思いたくない。

だが――。

エヴァのためと言い、本当は自分自身のために偽り続けた十年が重くのしかかる。

どう切り出せばいいのか、悩み続けるアスラーンの目に飛び込んできたのは、ほんのりと頬を染めた愛らしいエヴァの姿だった。

(ああ、そうだった。あの瞬間に理性の箍《たが》が外れたのだ。事情を話すこともせず、真実を隠したままで、エヴァの身体に溺れた……なんという無様さだ)

唾棄《だき》する思いで感情を吐き出そうとしたとき、アスラーンはフッと目を開けた。

目の前が真っ暗だった。いつの間にか蝋燭の灯りも消えている。部屋の中は真の闇に包まれていた。

(どういうことだ……まさか、間抜けにも眠りこけていたのか!?)

アスラーンは別の意味で目の前が暗くなり、眩暈《めまい》まで感じた。

言い訳ならいくらでもできる。十年ぶりに女を抱いた。それも、彼の命に価値を与え、称号にふさわしい誇りを与えてくれた少女――いや、女を抱いたのだ。夢中になっても責められることではない。

だが、今はまずい。

身体を起こそうしたとき、右腕に重みと軽い痺れを感じた。

エヴァがそこで眠っている。幸せそうな微笑みを浮かべ、アスラーンの腕に頬ずりしながら規則正しい寝息を立てていた。

瞬時に胸が温かくなる。もう一度口づけたい衝動に駆られ、必死に振り切った。

「エヴァ、エヴァ！　起きろ！　今すぐ起きるんだ!!」

部屋の外に漏れないよう、押し殺した声で叫ぶ。だがエヴァは、嬉しそうに抱きつくばかりだ。

「エヴァ、いい加減、起きるんだ！　起きろ!!」

「身体が……動か、ないの……アス、ラーン様のせい、だから」

これはもう、埒《らち》が明かない。

そう判断したアスラーンは白い夜着を身に纏い、エヴァの身体は綿の掛け布で包み込むようにして、一気に抱き上げた。

「……え？　あの、わたし……」

「何度、起きろと言えば目を覚ますんだ？　だが、私のせいで身体が動かないというなら仕方ない。このまま抱いていく。暴れるんじゃないぞ」

刹那《せつな》――アスラーンの耳に馬の嘶きが聞こえた気がした。

☆　☆　☆

目を開けると、そこにアスラーンがいた。

彫りが深く整った顔立ちの横顔。黒真珠をはめ込んだような瞳。夜着の胸元はわずかにはだけていて、逞しい胸板が覗いている。

（わたし……昨夜、この人に）

夢のような一夜が脳裏に甦り、エヴァは耳まで熱くなった。

だがそのとき、扉の向こうで物音がした。

「アスラーン殿下？　こちらにおられたのですか？　実は、サバシュ皇太子殿下がお越しに……」

ゼキの声だ。

彼はアスラーンひとりと思ったのか、無遠慮にも扉を開け踏み込んでくる。だが、エヴァを抱いたアスラーンの姿を見るなり、息を呑んだ。

「なっ!?　これは……」

「ごらんのとおりだ。寝台の上に、エヴァを私のものにした証がある。それを皇太子殿下にお見せして、お引き取り願ってくれ」

「そんな、このような場所で……いや、しかし」

「私の命令が聞けないのか？」

静かな声だが、圧倒的な力があった。人を食ったような男のゼキでも、息を呑むようにして「承知いたしました」と頭を下げる。

エヴァはアスラーンとの関係をゼキに知られてしまった恥ずかしさから、顔を伏せていたが……。

「アスラーン様、今、皇太子様がお越しだと……聞こえたような、気がするのですが」

うっかり聞き流しそうになったが、とんでもないことではないだろうか。そう思うと目の前がグラグラと揺れ始め、そのまま気を失ってしまいそうになる。

「そうだ。まったく、己の未熟さに泣けてくるな。後宮に連れ込んでから抱く予定が、こんな場所で……。挙げ句の果てに気を抜いて眠りこけるとは！」

「ごめんなさい……わたしのせい、ですか？」

あまりの剣幕で怒鳴られ、エヴァはびっくりして思わず謝った。

だが、アスラーンは床を睨んだまま何も答えてくれない。

そのとき、彼はハッとして顔を上げた。次の瞬間、エヴァを抱いたまま扉を蹴り倒す勢いで開けると、ゼキを寝室に残して廊下に飛び出す。そして、後宮に向かって走り始めたのだ。

アスラーンは何がしたいのだろうか？

尋ねたいが、彼の形相を見るとそれどころではないことが窺える。

だが、寝室の外に飛び出したことで、今が朝ではないことを知った。てっきり、彼とひと暁を過ごし、朝になったので起こされたのだ、と思ったが、天空はまだ闇に包まれていた。

　怒声に近い声がどこかから聞こえる。内廷の庭を見回しても、篝火は見えるがその近くに衛兵の姿はない。だがしだいに、馬の蹄の音が辺りに響き渡った。

　頭上からアスラーンの舌打ちが聞こえてくる。

「アスラーンだ！　門を開けろ！」

　重厚な石造りの門柱がそびえ立つ。見るたびに中が気になり、そしてそのつど諦めた大きな門が、音を立てて内側に開いていく。

　見た目だけならヒューリャ宮殿の後宮の門と大差ない。だが、そのどちらの門を通り抜けることになるのか、エヴァにとっては大きな差だ。

　そしてこのとき、エヴァはアスラーンの腕に抱かれたまま、スーレー宮殿の後宮の入り口に造られたアーチ型の門をくぐった。

（これって……わたし、アスラーン様の後宮に入ってしまったの？）

　自分はまだ夢を見ているのかもしれない。

　だが、もし現実なら、この先何が待ちかまえているのだろう？

　エヴァは見えない未来に不安を感じ、アスラーンの胸に頬を押し当てた。その直後、背後で馬の嘶きが聞こえたのだった。

「アスラーン、よくもやってくれたな。その娘は私の後宮に入れる約束だ。忘れたとは言わせんぞ！」

サバシュが黒く大きな馬に乗り、後宮の門前にまでやってきた。

背後には見慣れない兵士たちもいる。皇太子配下の兵士なのかもしれない。そう思うと、エヴァの身体は震え始めた。

この場で戦いが始まってしまうかもしれない。それも、他の誰のせいでもなく、エヴァがサバシュのもとに行かなかったことによって。

「すぐにその小娘をこちらに寄越せ。今、すぐだ！」

門を開け、アスラーンたちを招き入れた後宮侍従や女奴隷たちも、突然の出来事におたおたしている。

そんな中、当のアスラーンは実に平然としていた。

「これはこれは、サバシュ皇太子殿下。町はずれの我が宮殿まで、こんな夜半に何用でしょうか？」

「とぼけるんじゃない！　おまえが小娘に手を出しそうだと聞き、駆けつけたまでだ。まさか、今夜になってこんな真似をするとは」

「誰からお聞きになったのか、気になるところですね。それと、昨夜までならもっと早く駆けつけられたのに……とか？」

アスラーンの切り返しにサバシュは声を詰まらせる。

エヴァもふたりの話に驚きを隠せない。まるで、サバシュは最初からアスラーンがエヴァに手を出すことを想定していたみたいだ。

それを誰かに見張らせ、サバシュはすぐに乗り込めるよう待機していた。

だが、予想に反して最後の夜まで何ごともなくきてしまう。明日の朝には、エヴァはヒューリャ宮殿に送り届けられる。そう思ってサバシュや見張りの誰かが気を抜いたところに、アスラーンが動いた。

「アスラーン、最後の警告だ。その小娘を渡さぬなら、私にも考えがある」

サバシュはスッと手を上げる。すると、背後に控えていた兵士たちが一斉に立ち上がった。

そのただならぬ気配に、内廷の庭に緊張が走る。

「申し訳ございません。この娘は私が手をつけてしまいました。処女を奪いましたので、妃に迎える所存です」

「馬鹿を言うな！　おまえはたった今、後宮に飛び込んだではないか!?　そんなでたらめを言って……」

「でたらめではございません。ゼキ、先ほど言った証拠の品、皇太子殿下にお見せするように」

アスラーンは兵士たちの後ろに視線を向けた。

その方向にはつい先ほどまでエヴァが眠っていた部屋がある。アスラーンが走ってきた廊下を、ゼキはのんびりと歩きながらやってきた。彼は両手に白い布を抱えている。そして、サバシュの前まで来るとゼキはひざまずき、手にした白い布をうやうやしく差し出した。

そんなゼキの行動に合わせて、アスラーンが口を開く。

「エヴァの破瓜《はか》の血が染み込んだ、寝台の敷布です。どうぞ、ご確認を」

「ア、アスラーン様……」

ひと言呟き、エヴァは絶句した。

寝室で彼が口にした『エヴァを私のものにした証』が、まさかそんな品だとは思いもしなかった。

「後宮のしきたりだ。そうでなければ、ただの愛妾か妾妃か、区別がつかなくなる」

言われてみればそのとおりなのだが、それでも恥ずかしいものは恥ずかしい。

エヴァの国にそんなしきたりはなかった。そもそも後宮という場所がないのだから、しきたりもなくて当然かもしれないが。

寝室での行為を覗き見されている気分になり、エヴァは真っ赤になって顔を隠す。

そのとき、サバシュの口から怒りに満ちた咆哮《ほうこう》が上がった。

「貴様ーっ!!　よくも……よくも、皇太子である私を蔑ろにしたな！」

彼は憤怒の形相で敷布をふたつに引き裂き、地面に叩きつける。

「無理やり奪っていくこともできるんだぞ!!」

「皇太子殿下は我が後宮に土足で入り込み、妃を奪っていくと言われるのか？　もしそうなら、私にも覚悟があります」

静かだが、威圧感のあるアスラーンの態度に、サバシュは視線を逸らした。威勢だけはよかったが、後宮内には一歩も踏み込んで来ない。後宮に入ることができる男はその後宮の主人のみ。スーレー宮殿の後宮に入ることが許されているのはアスラーンだけということだ。

それはいかなる理由があろうとも、この国の後宮制度において守らなければならない大原則。スーレー宮殿の後宮に踏み込んだのが皇帝や皇太子であったとしても、アスラーンは後宮内におけるすべての人間の、生殺与奪の権利を持つ。

そのため、サバシュはアスラーンが強硬手段に出ないよう見張りまでつけていた。一歩でも踏み込まれてしまったら、サバシュの言う『無理やり奪っていくこと』は、アスラーンに自分を殺させる権利を与えることになってしまう。

地団太《じだんだ》を踏むようにして、サバシュは怒鳴り始めた。

「ゼキ、おまえが言ったのではないか！　アスラーンはこれまで一度も私に逆らったことなどない。今回も従うはずだ、と。それが、これはどういうことだ!?」

サバシュの怒りはすぐ横に控えたゼキにぶつけられる。

それは多分、ヒューリャ宮殿の後宮前でゼキがサバシュに耳打ちした内容なのだろう。

ゼキは地面に片膝をつき、頭を垂れたまま答えた。

「言い訳のしようもございません。ただ……皇太子殿下におかれましても、私の言葉は信用なさっていなかったご様子ですが」

何かするかもしれない、と思ったからこそ、五日目の夜まで見張っていたのだろう。いや、夕刻にこそっと小姓だけをエヴァのもとに寄越したところをみると、その直前まで見張りがついていたのかもしれない。

（ということは、ゼキさんが見張りじゃないんだ……）

ゼキの白い髪が兵士の手にした松明《たいまつ》の灯りを受け、暗闇に浮かび上がる。

彼は二年前まで帝都のトユガル宮殿にいたと聞く。そこでサバシュとなんらかの関わりができ、スーレー宮殿の情報を流していると思っていた。

『私は皇帝陛下に仕える身。忠心は皇帝陛下に捧げております』

あの言葉はひょっとしたら本心なのだろうか？

エヴァがゼキのことを信じるべきかどうか悩んでいると、サバシュが癇癪を起こして叫び出した。

「うるさい、うるさい、うるさい!!　私は皇帝になる身だぞ。ゼキ、そのことを忘れたのではあるまいな？」

「とんでもございません。ただ、我が国の決まりとして、処女を奪ったときは妻にしなければなりません。あるいは、自分と同等の結婚相手を見つけてやるか……。皇太子殿下がどうしてもこの娘を求めるなら、妃にすると申し出られてはどうでしょうか？」

　ゼキは立てていたほうの膝も地面につけて進言した。

　だが、サバシュは激昂したまま怒鳴り返したのだ。

「馬鹿を言うな！　奴隷の息子に穢《けが》された女なんぞ、妃に迎えられるものかっ!!」

　サバシュが叫んだ瞬間、アスラーンは畳みかけるように言う。

「お許しいただきありがとうございます。エヴァ、皇太子殿下はおまえを私にくださるとの仰せだ。感謝を言わないか」

　本来なら地面にひれ伏してから礼を言うべきだろう。だが、礼を言えと言いながらもアスラーンは彼女を下ろそうとしない。

　幸いなことに、このときサバシュは馬上にいた。アスラーンの腕の中にいるエヴァでも見上げる形になる。

「あ……ありがとう、ございます」

　彼女は両手を胸の前で組み、感謝の言葉を口にした。

　サバシュは苦虫を嚙み潰したような顔をして、アスラーンを睨んでいる。

「貴様ら……よくも奴隷の分際でこの私に逆らったな。ふたりとも、必ずや後悔させてやるぞ。覚えていろ！」

　手綱を引いて馬の向きを変えると、サバシュはそのまま走り去った。

　スーレー宮殿の内廷には、夜半にふさわしい静寂が戻ってきたのだった。

☆　☆　☆

後宮の中庭が見える広間に長椅子が置かれる。黒の台座に蔓草《つる》の模様が描かれた生地が張られ、随所に象牙の装飾が施されていた。そこは後宮の主人、アスラーンの座る場所だった。

床に敷かれている絹織りの絨毯、広間の各所に飾られた黄金の花瓶、何よりアスラーンが身に纏っているカフタンも、エヴァの目には最高級の品に見える。とくに、金と銀の縦糸を使った綴れ織り《ケルハー》のカフタンは、皇帝が纏ってもおかしくない上質な品だろう。

ウードや葦笛《ネイ》など、女たちがそれぞれ得意な楽器で音を奏でる。それ以外の女は大皿に盛られた幾種類もの料理を囲み、楽しそうに笑い合っていた。

エヴァはアスラーンの足下に座ることを許され、ちょこんと正座している。

後宮に入って三日目。女奴隷のときとは全く違う、二間続きの立派な部屋を与えられた。しかも、お付きの女官が四人、専属の世話係まで数人いる。着替えひとつするにしても入れ替わり立ち替わりやってくるので、誰が誰だか、慣れないエヴァには名前すら覚えられない有様だ。

その上、後宮は部屋から一歩出たら迷子になりそうなくらいに広い。敵に攻め込まれたとき、第一夫人や皇子、皇女を逃がす時間を稼ぐため、わざと複雑な構造になっているのだという。

　この話をスーレー宮殿、後宮女官長のジーネットから聞いたとき、エヴァはサバシュが馬で乗り込んできた夜のことを思い出した。

（絶対に、許してくださった、という感じではなかったわ。もし、皇太子様の怒りがアスラーン様やわたしだけでなく、お姉様に向かったら……）

　平和に暮らしているであろうオルティアを巻き込んでしまう。彼女はエヴァのように丈夫ではなく、守ってくれる人もいないのだ。

　オルティアのことを一刻も早く尋ねたかったが、アスラーンはエヴァを後宮に入れたあと、今朝まで戻ってこなかった。

　他にも聞きたいことはたくさんある。でも、宴の最中にする質問ではないだろう。

　エヴァはご馳走を前にしながら、小さなため息をついた。

「どうした？　果物は嫌いか？」

　ふいにアスラーンが顔を覗き込む。

「葡萄《ユズム》やパイナップル《アナナス》が口に合わないなら、他のものを持ってこさせよう」

「いえ、とんでもない！」

　エヴァは切り分けられたパイナップルを口に運ぶ。甘酸っぱい味がたっぷりの果汁とともに口の中いっぱいに広がっていく。

　心の大部分を占めた不安が溶けていくかのようだ。それくらい、幸せな味だった。

「とっても美味しいです。それに、珍しいものばかりで……お、お、美味しいものだから、ミュゲにも食べさせてあげたいと思いまして」

ついつい『お姉様もこんなに美味しいものを召し上がっていらっしゃるかしら』と言いかけ、慌ててやめた。エヴァに姉がいることは、内廷では知られていなかった。

後宮で話していいのかどうか、まだ何もわからないのだ。

エヴァの言葉をどう思ったのか、アスラーンは呆れたようなため息をつく。

「おまえと仲のよかった女奴隷か。ずいぶん成長しているみたいだから、今年中にも後宮に入れるようになるんじゃないか？　まあ、本人が望めば、だが」

「もちろん、望んでおります」

ミュゲは本当に親切にしてくれた。お別れは言ったが、まさか、エヴァがアスラーンの後宮に入るとは思ってもいないだろう。話をしたいが、今となっては内廷の女奴隷と会うことも簡単にはいかない。だが、ミュゲが後宮に入ってくれれば話は別だ。

「ミュゲは後宮に入って妾妃になるのが夢だと言っていました」

そんな思いから、エヴァは熱心に言ってしまう。

「なるほど。それなら、大人の女になりしだい、夜伽《よとぎ》を命じなくてはならないな。おまえとどちらが抱き心地がいいか、じっくり試すとしよう」

アスラーンは不快そうに呟くと、飲み物を口に運んでいる。

彼の返事を聞き、エヴァは自分が頼んだことの意味を悟った。アスラーンがミュゲの身体に触れ、自分にしたのと同じことを繰り返すのだ。想像するだけで、胸の奥がズキンと痛んだ。

「それは……あの、アスラーン様の後宮でなくてはいけませんか？　どこか別の後宮を紹介する、とか……無理でしょうか？」

エヴァはさっきより熱心に声を上げてしまう。

アスラーンの愛妾はたくさんいて、妾妃もエヴァだけではないはずだ。それでも、アスラーンがミュゲと寝台で戯《たわむ》れるなど、考えたくはなかった。

エヴァがキュッと唇を噛んだ瞬間、アスラーンは彼女の口元に淡い緑色の葡萄を押し当てた。

「え……？　んっぐぐっ」

どういう意味か尋ねようと開きかけた口に、彼はそのまま押し込む。

「冗談だ、馬鹿者め。いいかエヴァ、そう簡単におまえを楽になどさせるものか。その身体に夜ごと教え込んでやるから、覚悟しておけ」

近くに控えていたジーネットをはじめとする女官たちは——「まあ！」「アスラーン様ったら」と口々に呟き、続けて小さな笑い声を立てた。

女官たちはほとんどが三十代以上。前の主人のころからこの宮殿にいた者たちだ。

彼女たちの多くは、かつてここに愛妾として住んでいた。だが、代替わりとともに行き場を失くし、帰る家のなかった者たちは女官として後宮に残ることを選んだ。

スーレー宮殿の前の主人とは、皇帝セルカン二世の異母弟にあたる皇子。彼はセルカン二世と皇太子の座を争い、敗れて命を落としたという。

とくに女官長のジーネットは前の主人の息子まで産んでいた。わずか十五歳で戦場に駆り出され、戦死したと連絡があったのは、前の主人が亡くなった一ヶ月後のこと。

ジーネットはその後五年あまり、主人不在の後宮を守り、十年前にアスラーンを迎えた。

その話を聞いたとき、エヴァは女官たちの多くがアスラーンを憎んでいるのではないか、と思った。なんといっても彼は、前の主人を死に至らしめた皇帝の息子。ジーネットにすれば皇帝はひとり息子の仇とも言える。

思えば、アスラーンはエヴァの知る限り多くの時間を内廷で過ごしていた。それは、後宮に入れば殺伐《さつばつ》とした空気が彼を迎えるからなのかもしれない。

と、エヴァは想像をしていたのだが……。

「そんな愉快なことを言った覚えはないぞ」

「はいはい、もちろんわかっておりますわ、アスラーン殿下」

答えながらもジーネットはクスクスと笑っている。

あまりに和やかなムードに、エヴァは何を話していたのかも忘れてしまった。それどころか、ごく自然に笑みが浮かんできてしまう。

「エヴァ、何か言いたそうだな」

「それは……あの、後宮にいらっしゃる女の方って意外と少ないのですね。もっと、多いのかと思っていました」

ざっと広間を見回すと、五十人程度の女たちがいた。女官や世話係も含めての数なので、さほど多いとは思えない。年齢層はエヴァより若そうな十代前半から、ジーネットのような四十代まで様々だ。

もちろん、二十歳前後の美しい女性も大勢いる。肌を磨き、美麗な衣装で着飾った彼女らは、エヴァの目から見てもとても魅力的だ。だが、なぜかアスラーンの近くに寄ってくることはなかった。

「ああ、役に立たん女はそのつど処分しているからな」

「……」

「いちいち真に受けるな」

絶句するエヴァを見てすぐに訂正してくれたが、計算が合わないのも事実なのだ。

戦争から戻るごとに二十人以上の女の捕虜がアスラーンにも割り当てられていた。その過半数を女奴隷として後宮に放り込んでいるはずだ。

アスラーンが出征した戦いは、小さな紛争も合わせて六回。そのすべてに捕虜がいた。

あまり考え過ぎてもいいことはないと思い、エヴァは話を変える。

「あの……こ、この中の何人の方が、アスラーン様のご愛妾なのか……と、考えてしまって」

言ってから少し後悔する。アスラーンの愛妾の話など、聞いて楽しいはずがない。

だが、女官など役付きの女が半分いるとして、残りのすべてが愛妾ではないだろう。様々な理由で後宮に連れて来られたものの、皇子の指名がなければ大部屋で過ごすだけになる。

できれば、そういった女性ばかりなら嬉しい。

だが、そんなエヴァの期待は、あっさりと打ち砕かれた。

「そうだな、ざっと十人程度か」

銀製の杯に口をつけながら、アスラーンはなんでもないことのように答える。

そのとき、横からジーネットが口を挟んだ。

「何をおっしゃいます！　ご愛妾様はたった七人でございますよ……皇子様ともあろう方が」

エヴァは、やはり聞かなければよかった、と意気消沈した。

本当はもっと気になっていることがある。だがもし、想像どおりの答えが返ってきたとしたら、落ち込み度合いは今以上になるだろう。

パイナップルの欠片《かけら》を口に運びながら、エヴァは何度目かのため息をついたのだった。

宴が進み——エヴァの背後で衣擦れの音がした。

ハッとして振り返ると、アスラーンが軽く挙げた右手をサッと払う。その瞬間、広間中に鳴り響く音がピタリと止まった。

楽器の演奏だけではない。女たちは食事や語らいもやめ、一斉にアスラーンに向かって頭を下げる。

エヴァはびっくりして他のみんなと同じことをしようとしたが、そこをジーネットに止められた。

「エヴァンテ様はこのままでいらしてください」

後宮の中で会話をした人間は数えるほどだが、なぜかしら全員がエヴァを『エヴァンテ様』と呼ぶ。

父の付けてくれた名前なのだから、エヴァンテと呼ばれて嫌なはずがない。だが、後宮の人々の思惑が見えず、エヴァはどう反応したらいいのかわからなかった。

困惑するエヴァの前に女たちは次々とやってくる。そして、頭を下げては広間から出て行った。最後のひとりはジーネットで、彼女までエヴァに頭を下げ、いなくなったのである。

広間にはアスラーンとエヴァのふたりきり。

中庭は夏の陽射しを受け、緑の木々や色とりどりの花々が生き生きとしている。建物内部にも隅々まで光が行き届き、その明るさはエヴァの考えていた後宮とは違った。

後宮とは陰謀が渦巻く、仄暗い場所だとばかり思っていた。

だが、ここにいる女たちは陰謀とはほど遠く感じる。みんな笑顔で広間に集まり、和気《わき》藹々《あいあい》と宴を催しているのだから。

　ヒューリャ宮殿の後宮もここと同じだろうか？

　そうであればいい。オルティアも楽しく過ごしてくれているなら、こうして別々の後宮に入ることになってしまったことを申し訳なく思わなくて済む。

　だが、サバシュのこともある。

『ふたりとも、必ずや後悔させてやるぞ。覚えていろ！』

　あの言葉は思い出すだけで膝が震えてしまう。

「エヴァ、何を考えてる？」

「いえ……あの、皇太子様のことです。皇太子様は何をなさるおつもりなのでしょう？お姉様はご無事なのでしょうか？」

　アスラーンは銀杯を台に返すと、大きく息を吐いた。

「ああ、変わりない」

「それは、よかった！　わたしのせいでお姉様を傷つけたら、と。あの、テティス島のほうも大丈夫なのですよね？　それに、アスラーン様の身に……」

　気になるあまり、エヴァは矢継ぎ早に尋ねてしまう。

　だがそれは、アスラーンの苛立ちを誘ってしまったようだ。

「変わりないと言ってる！　私の言葉が信じられないと言うのか⁉」

　突然、怒鳴りつけられ、エヴァは何も答えられない。とはいえ、あまりにアスラーンらしくない言い方だった。

呆然とするエヴァに気づいたのか、彼は口調を変えてくる。

「いや、おまえの家族は十年間、変わることなく島にいる。オルティアも、おまえの身を案じていたと、報告があった。おまえが無事で幸福なら、どんなことでもするそうだ」

「いいえ！　わたしは大丈夫ですから、どうかお姉様はご無理をなさらず、後宮で平穏に過ごしていてくだされば……。余計なことを聞いてしまって申し訳ありません。もちろんアスラーン様のことは信じております。どんな務めでも、わたしが果たしますので」

膝立ちになり、エヴァは祈るようにアスラーンの足下ににじり寄る。

すると、ふいに彼は大きく息を吐いた。ギュッと目を閉じたあと、ゆっくりと開き、自らの膝をポンポンと叩く。

その動作の意味がわからず、呆然と見上げていると、

「ここに来いと言ってるんだ。早くしないか」

「は、はいっ！　失礼……いたします」

恐る恐る長椅子の上に乗る。

だが、アスラーンの言う意味とは少し違ったらしい。

「おまえという奴は」

彼は首を振りながら手を伸ばし、エヴァの腰を摑む。

「え？　あ……きゃ！」

そして、そのまま自分の膝の上に抱え上げたのだった。

「こういう意味だ。鈍い奴め」

言いながら、アスラーンの視線が興味深そうに下を向いた。

それを追いかけるように彼女も目を向けると、スカートの裾が捲れて膝まで見えているではないか。エヴァは慌てて引き下ろす。

今日の彼女はこれまで着たこともない絹織りの豪華な衣装を身につけ、色鮮やかな装身具で飾り立てられていた。

衣装は上下が分かれており、スカート部分は腰の部分が膨らみ、下にいくほど細くなっている。同じ生地で作られた上衣は丈が短く、長袖だった。少し暑く感じるが、中に着ているのは薄手の綿なので脱ぎたくなるほどではない。

髪は、着ているものと同じ絹で織られた色鮮やかな布で覆われ、その上から金の飾りで留められている。

そして首には何重にも胸飾りがかけられ、それぞれに翡翠や真珠、緑柱石などの宝石が埋め込まれていた。

すべて女官たちが調えてくれたものだった。

「隠さなくていい。どうせ、わたしたちふたりきりだ」

「そういうわけにはいきません。だって、いつ誰が戻ってくるかわかりませんし。それにアスラーン様、わたしが膝に乗っていては重くないですか？」

「着飾った衣装の分、いつもよりは重いが……まだまだ軽いな。だが、今日のおまえはお姫様に見えるぞ」

アスラーンの機嫌は直ったようで、楽しそうに笑っている。

彼が楽しそうにしているとエヴァも楽しい。優しく声をかけられると、嬉しくて堪らなくなる。

(やっぱり、わたしはアスラーン様のことが好きなのだわ。彼の後宮に入ったのだから、このまま好きでいていいのかしら?)

ふわふわした気持ちでアスラーンの顔を見上げていた。

「どうした?」

ふいに問われ、エヴァは見惚れていたことをはしたなく感じ、ごまかすように尋ねる。

「あ、あの……ふ、二日間、どこに行かれたのですか?」

連絡もなく、宮殿の外に出たまま戻って来なかった。アスラーンの身に何かあったのではないか、と案じていたのは本当だ。

すると、彼は真顔になり答えた。

「一昨日、昨日にかけて、帝都のトユガル宮殿に行ってきた。皇帝陛下におまえを妃にしたと報告しなければならんからな」

「まあ……そうだったのですね。それで、皇帝陛下はなんとおっしゃったのですか?」

皇帝から、サバシュに譲れと言われたら、アスラーンは従わざるを得ないのではないか。

ふたりきりの空間に、にわかに緊張が走る。

「とくに何も。好きにせよとの仰せだ」

あまりにあっさりした答えに、エヴァは拍子抜けした。

皇帝にすれば、アスラーンが女奴隷の誰を娶《めと》ろうとたいしたことではないのだろう。そもそも、エヴァをサバシュの後宮に入れるという約束自体、忘れていたという。それくらい、皇帝にとってはどうでもいいことだったのだ。

それに、なんといっても、アスラーンは戦場において唯一無二と言えるほど優秀な将軍。彼を機嫌よく働かせることができるなら、女のひとりくらいくれてやれ、というのが皇帝の真意らしい。

「安心したか？　おまえの姉にも、テティス島にも害が及ぶことはない」

「はい。でも、一番心配なのはアスラーン様です。あの夜の皇太子様は、兵を率いて今にもこのスーレー宮殿に攻め込んできそうでしたから」

エヴァは胸を撫で下ろしながら、不安の一端を言葉にする。

すると、アスラーンは苦笑を浮かべた。

「私が一番か、調子のいい奴め」

「いえ、本当にわたしはアスラーン様のことを……」

「わかった、わかった。そうだな、当分は大丈夫だろう」

「当分、なのですか？」

「皇帝陛下にもしものことがあれば、すぐに奴が即位する。そうなれば、このままではいられないだろうな」

アスラーンの瞳は闇を深めた。鋭いまなざしで中庭を睨みつけている。

彼の袖にしがみつき、エヴァは小さな声でささやいた。

「ここを出るときがきたら、わたしを連れて行ってください。どこまでもお伴します」

「本気で言っているのか?」

「はい。わたしの命はアスラーン様のものです。だから……あ、んんっ」

前触れなく抱き寄せられ、唇を奪われた。

何度も何度も押し当てられて、エヴァは目を閉じたままになる。激しい口づけに息苦しさを感じつつ、天地すらわからなくなるほど翻弄された。

「エヴァ、おまえという娘はどれだけ私を翻弄すれば気が済むんだ?」

アスラーンの呟きは、彼女が思っていることとは逆だ。

「そんなこと……」

ないと言いたいが、アスラーンの指先が性急に上衣を脱がせようとするので、そちらに気を取られてしまう。

「ダメです……あちこち結ばれて、首飾りや胸飾りも服の上から巻かれているので、無理に外したら壊れてしまいます。それに、脱いでしまったら、ひとりでは着られません」

「女官を呼んで着せてもらえばいい」

「できません、そんな……ここで何をしていたか、知られてしまいます」

エヴァは顔を真っ赤にして言い返した。

だが、その真剣さが今ひとつアスラーンには伝わらなかったらしい。彼は「だったら……」と前置きすると、とんでもないことを言い始めたのだ。

「スカートの下は腰に巻いた下穿きだけだろう？　なら、それを脱いで、おまえから私の上に跨《また》がってみろ」

「む、無理です。わたしに、そんなこ……あ、やぁっ！」

アスラーンはスカートを太ももの位置まで捲った。

明るい光が射し込む中、エヴァの剝き出しになった脚がいっそう白く輝く。その白い肌の上をアスラーンの指が動き、ゆっくりと撫でながら隠れた部分に滑り込んでいった。

「あれもできない、これも無理だ、などと我がままな娘だ。おまえは私の奴隷……いや、妃になったんだぞ。逆らうなど言語道断だ」

「は……い、すみ……ま、せん、んん……ぁ、やぁっ」

膝の上で横抱きにされた格好のまま、三日前、アスラーンを知ったばかりの場所に指を押し込まれた。膣内はまだかすかに痛みを覚える。無理に捻《ね》じ込まれたら、余計に身体は硬くなってしまう。

「まだ濡れてないな。初夜はそんなにつらかったのか？」

「そういうわけでは……」

どんな痛みも、アスラーンに与えられるものなら苦痛ではない。

「今日はすんなり入るよう、ゆっくりほぐしてやる。たとえば、ここはどうだ？」

指を抜かれてホッとしたのもつかの間、親指と人差し指でキュッと淫芽《いんめ》を抓まれた。その瞬間、エヴァの身体に落雷を受けたような衝撃が走る。

「やぁ……やだ、やぁーっ！」

口を閉じ、アスラーンのカフタンを握り締める。

二度三度と繰り返されると、最初のときのような衝撃は薄れていく。だが、今度は足元からじわじわと、快感が這い上がってきた。

初めての交わりで、彼の唇や指先から与えられた悦び。それはエヴァを初めての高みへと押し上げてくれた。彼自身を受け入れたときは痛みを伴ったが、その直前まで恥ずかしいほど蜜を溢れさせていたのだ。

彼女の身体は少しずつ、あの夜の感覚を思い出していく。

「本当は胸も可愛がってやりたいところだが、脱がすなというなら仕方がない。この部分だけでも充分に楽しませてやろう」

「わ、わたしは……いいです。アス、ラーンさ……まが、楽しんで……あっ」

エヴァの思いは浴室で奉仕していたときと同じだ。

少しでもアスラーンの役に立ちたい。彼が至福を得るための手助けをしたかった。

首筋に唇を押し当て、軽く吸いつかれる。熱が少しずつ髪の生え際に近づき、そのまま

耳朶が彼の口に囚われた。

その直後のこと。ヌルッとしたものを外耳に感じ、エヴァは背筋がゾクリと震えた。

「あ……やぁ、やだぁ……耳に、耳の中にぃ……入って」

彼に悦んでもらうつもりが、その行為はエヴァにとっても悦びに繋がるのだ。このまま身を委ねてしまっていいものかどうか、アスラーンに尋ねるわけにもいかない。

そのとき、下腹部にも侵入を感じた。

花芯を激しく愛撫しながら、蜜窟に中指を挿入してくる。先ほどと違い、エヴァの躰はスルリと奥まで彼の指を受け入れた。

「ほら、入ったぞ。痛くはないだろう?」

「だって……指は、ほ、細いから……」

「たしかに。だから、上に乗れと言ったんだ。おまえが平気なところまで腰を下ろし、膣内のいいところに押し当てればいい」

耳のすぐ傍でアスラーンのささやきが聞こえる。

クチュクチュと小さな水音が広間に響く。エヴァはその音が広間の外まで届かないように祈りながら、彼の指が蜜壁を擦り上げた瞬間、新たな悦びに下肢を戦慄《わなな》かせた。


そのあとは、何もかもアスラーンに命じられるままだった。

エヴァの手で彼の脚衣をほどき、愛し合えるように前だけ寛げる。手や口で奉仕するまでもなく、そこは取り出すなり真上を向いてそそり勃っていた。

スカートの裾を持ち上げ、恐る恐る腰を下ろしていく。

だが、エヴァの秘部が肉棒の先端に触れたとき、ツルンと滑って受け入れることができなかった。何度か挑戦するが、そのたびにツルンツルンと滑ってしまう。

「あ、あの……わたし、どうすれば」

すると、アスラーンは笑って自らの手で彼自身を固定してくれた。

「こんなに潤《うるお》っていながら、入らないとは。女の躰はよくわからないな」

呆れたような、感心したような声音だ。

エヴァ自身もよくわからないが、それでも今度はズズッと受け入れていた。蜜襞を撫でるようにアスラーンの欲棒が沈んでいく。だが、根元まで受け入れようとすると、奥がズキンと痛んだ。

「あっ……くっ」

短く声を上げ、いったん下ろした腰をすぐに浮かせる。

そんな仕草にアスラーンもエヴァの痛みを察したらしい。

「焦るな。破瓜の血が必要な初夜とは違う。さっきも言ったとおり、当座、ここなら皇太子の邪魔は入らない。手伝ってやるから、ゆっくり動け」

「わ、わかり、ました……あの、アス……ラーン様、てつ、だう……って?」

体内に彼の熱を感じる。それだけでエヴァの息が上がり、体温も上がってしまう。繋がった部分に意識が向かい、上手く考えが纏まらないのだ。

(ああ、どれくらいまで腰を下ろしたらいいの？　もっと深くがいいのかしら？　アスラーン様はどちらが……ああ、ダメよ。わたしのいいところっておっしゃったのだわ)

エヴァが彼に抱きついたまま迷っていると、スカートの裾が捲られ、繋がっている部分が露わになった。

「あ……ダメです。見えて……しまい、ます」

「見える？　それだけで済むと思ってるのか？」

アスラーンの指先が彼女の敏感な場所に触れ、花びらを捲った。

「ア、アスラーン……さまっ!?　なっ、何を……はぁうっ！」

淫芽を掠めるようにサワサワと撫でられ、エヴァは腰をひくつかせる。それは同時に、肉棒を抜き差しすることにもなり、ほんの小さな動きが信じられないほどの快感を生んだ。

「なんだ、この辺りがいいのか？　もっと手伝ってやろうと思ったが、放っておいても勝手に見つけ出しそうだな」

「そ、そんなこと……な、い……あぁっ！」

押し広げられた蜜窟の周囲を指先で丹念《たんねん》になぞる。彼自身で塞いだ蜜穴から滲み出てくる蜜を、花びらに擦り込むように撫で回した。

エヴァは緩々《ゆるゆる》と腰を揺らしてみる。

　ほんの少し奥に達したら、すぐに腰を引き、そのまま抜けてしまわないように揺すった。その間も、アスラーンの指は彼女の花びらに蜜を塗り込む作業を続けている。

「やぁ……恥ずかしい、のに……どうして、こんなふうに、なってしまう……の？」

　荒い息で泣くように声を漏らした。

　だが言葉にしてしまったことで、本当に涙が零れてしまいそうになる。

「泣く必要はない。ここは後宮、おまえは私の妃になったんだ。おまえがこの行為を楽しめるようになれば、私の楽しみも増える。大人の女であれば、知って当然の悦びだ」

　アスラーンの甘やかな声がエヴァの心に染み込んでくる。

「アスラーン様ぁ……あ、ああっ、アス、ラーン……さまっ！」

　浅い位置で腰を前後に動かし、湧き上がってくる悦びに身を委ねた。

　彼の首に手を回し、力いっぱい抱きつきながら名前を呼ぶ。その瞬間、指を押し込まれたときより大きな快感が彼女を包み込んだ。

　一秒後——天地がひっくり返っていた。

　荒い息を整える間もなく、エヴァの上にアスラーンは覆いかぶさってくる。

「心配するな、おまえを傷つけたりはしない。ふたりでよくなろう」

　漆黒の瞳に情熱を滾《たぎ》らせ、彼は唇を重ねた。

　彼の背後に青い色が見える。高い天井を遮るように張られた天幕の隙間から覗く、壁のタイルの柄だった。

アスラーンは浅い挿入のまま、エヴァの身体を激しく揺さぶり始めた。

エヴァの後頭部が長椅子の座面に擦れ、髪飾りが外れてしまった。かぶり物もしだいにずれ、気がついたときには床に落ちてしまっていた。

（こ、こんなに、髪が乱れて、しまったら……もう、ごまかせない……）

綺麗に飾ってくれたジーネットたちに申し訳ないと思いつつ、エヴァの身体はアスラーンのもたらす悦楽をそのまま受け入れてしまう。

そのとき彼女は自分の躰が変わりつつあることに気づいた。

充実感が少しずつ奥に入り込んでくる。痛みも違和感もなく、幸せの熱で蜜窟の奥まで火照り始めていた。

「アスラーン……様、変です……奥に感じる、のに……痛くな、い」

「それはよかった。では、私も達かせてもらおう」

彼の腰がこれまで以上に素早く動き始める。

エヴァの身体を上から押さえ込み、欲情の猛りで膣襞を抉るように擦った。

「あぁ……んんっ」

小さな呻き声はアスラーンの口腔に呑み込まれていく。

刹那、彼の口からも声が漏れ……エヴァはかすかな吐息を唇で捉えながら、胎内で放たれる熱い精を受け止めていた。

☆　☆　☆

広間より高い天井、青と白のタイルが天井まで貼られている。そして高い位置に作られた窓からは、燦々《さんさん》と煌めく太陽の光が射し込んでいた。

「まあ、なんて素晴らしいのかしら。十年もこの宮殿にいて、こんなに大きな浴場があるとは知りませんでした！」

真ん中には実に立派な大理石の台がある。四、五人が一緒に転がって入浴を楽しめるほど大きな台だ。隅には髪を洗ったり身体を流したりする小さな浴槽や、冷水の入った腰まで浸かれる浴槽も設置してあった。

エヴァは白い浴用布を身体に巻き、浴場の入り口に立って歓声を上げていた。

「エヴァンテ様は王女様であられるのに、無邪気に喜ばれますのね」

ジーネットは何ごともなかったかのように言う。

「え？　あ、あの、ジーネットさん、それは」

「何度も申し上げておりますが、呼び捨てでお願いいたします。それから、エヴァンテ様のお名前を伺ったときに、ご身分も聞かせていただきました。後宮の者は皆、承知しておりますので、ご安心くださいませ」

本名を呼ばれたときにそんな気はしたのだ。アスラーンもきちんと教えてくれたらいいのに、とついつい恨みがましく考えてしまう。

（わたしがお姉様のことばかり聞いたせい？　それに、他のことに気を取られてしまったし……）

アスラーンのことを考えるだけで頬が熱くなってしまう。

広間で宴が催されたのは昨日のこと。

『たまには大浴場にも入られてみますか？』

一夜明けて、ジーネットに言われてやって来たのが、ここ大浴場だった。

後宮に入ってからずっと、与えられた個室の横にある専用の浴場を利用していた。それでも、アスラーンが内廷で入っていた浴場と同じ程度の広さはある。

そうでなくとも、エヴァ専用の浴場というだけでも凄いことだ。

「王女であったのは八歳までですもの。そのあとは、ずっとこの宮殿に……。それと、ティオフィリアにもお風呂はありましたけど、こんな蒸し風呂はありませんでした」

初めて見たとき、浴槽のあるべき場所に大理石の台が置かれていて、ここで何をするのだろう？　と首を捻ったものだ。

エヴァがそのときのことを面白おかしく話すと、ジーネットだけでなく、一緒に来ていた世話係たちまで声を立てて笑った。

そんな彼女らの声を聞き、先に入浴していた女性たちもエヴァの訪れに気づいたようだ。

台の上に寝転がっていた女性も慌てて起き上がり、その場所をエヴァに譲ってくれようとする。

「そんな、とんでもない！」

エヴァはびっくりして断ろうとした。

だが、ジーネットがさっさと大きめの浴用布を敷き始めてしまうものだから、横にならずにいられない雰囲気だ。

「では、横になってくださいませ。さあさあ、皆さん、エヴァンテ様を美しく磨き上げなくては。アスラーン殿下のご命令ですよ」

世話係の女性たちに向かってジーネットはパンパンと手を叩く。

彼女たちは一斉に「はい！」と返事をして、エヴァの身体を取り囲み、丁寧に擦り始めた。これまでずっとアスラーンにしてきたことを、まさか自分がしてもらうことになるとは。嬉しいと言うより、畏れ多くて恐縮してしまう。

でも断ったら、彼女たちの役目を取ってしまうことになる。

せめて邪魔だけはしないでおこうと思い、仰向けで、次は横を向いてと注文がくるたび、そのとおりにしていた。

「エヴァンテ様、次はうつ伏せになっていただけますか？」

「あ、はい」

世話係のひとりに声をかけられ、エヴァは急いでうつ伏せになった。

大理石に頬をつけると、熱くもなく冷たくもなく、程よい温もりが伝わってくる。あまりの気持ちよさにウトウトしてしまいそうだ。

身体を擦ってもらったり、冷たい水とお湯を交互に洗い流してもらったり、全身を揉みほぐしてもらったり……あっという間に時間が過ぎていく。

「エヴァンテ様、熱くございませんか？」

「そうですね……でも、とても気持ちいいわ」

エヴァが答えるとジーネットが嬉しい提案をしてくれた。

「内廷まで人をやり、氷菓子《ドンドゥルメ》を持ってこさせましょうか？」

それは冬の雪を地下に貯蔵し、夏場に砕いて上から葡萄の甘味料《ペクメズ》をかけて食べるという貴重な品だった。

アスラーンも暑くなると決まって欲しがる。そのくせ、ひと口ふた口しか食べずに残すのだ。溶けてしまうと価値がないので、エヴァに早く食べろと押しつける。

(最初は、我がままなアスラーン様って思ってしまったけれど……。あれは、わたしに氷菓子を食べさせようとしてくださったのだわ)

アスラーンの優しさを思い出し、エヴァの胸が熱くなる。

「ねえ、ジーネット。ちょっと多めに頼んで欲しいのだけど。みんなで一緒に食べたほうが、きっと美味しいわ」

エヴァがそう言うと周囲から歓声が上がった。

ジーネットも嬉しそうに微笑んでいる。

「アスラーン殿下がエヴァンテ様を大切にされる理由がわかるような気がします」

「そんな、大切になんて……そうなのかしら？」

大切にされていないとは言えない。でも、ジーネットの言葉には別の意味も含まれていそうだ。それが何か、今のエヴァにはちゃんとした答えが見つからなかった。


しばらくして、隣の間に氷菓子の用意ができたと女官のひとりがやって来た。

エヴァが起き上がり、白い浴用布をふたたび身体に巻きつけて浴場から出ようとしたとき、膝に何かがぶつかった。

「きゃっ！」

うっかり転びそうになり、どうにか踏みとどまる。

けれど、ぶつかってきたほうは……見事にコロンと転がった。

最初は仔犬かと思った。だが、後宮の大浴場に仔犬はいないだろう。しかし、その正体は限りなく仔犬に近かった。

「どうしてこんなところに……あの、大丈夫かしら？　怪我はない？」

エヴァは大急ぎでしゃがみ込むと、目の前に転がる〝小さな子供〟に手を差し伸べた。

子供はキャッキャッと笑い、エヴァの手を摑むと抱きついてくる。

この国に来てから、小さな子供に触れたことがない。奴隷として連れて来られる子供は、少なくとも自分で自分のことができる年齢に達している。この子は上手く言葉が出てこないところを見ると、まだ二歳にもなっていないだろう。真っ黒な髪と海を思わせる青い瞳をしていた。

そんな小さな子供がどうして後宮にいるのだろうか？

エヴァがその疑問に答えを出す前に、ひとりの女性が入り口から駆けてきた。ひと目で子供の母親とわかるような、同じ色の瞳をしている。

「まあ、なんということを。デニス様、走ってはいけませんとお教えしましたのに。――エヴァンテ様、申し訳ございません。どうか、ご容赦くださいませ」

彼女は慌てた様子でエヴァから子供を引き離し、少し遅れてやって来たお付きの女官に押しつけた。

そして、おもむろにエヴァに向かってひれ伏す。

「いえ、あの……ちょっと、待って、いったい」

「罰でしたらわたくしが受けますので、どうか、デニス様をお許しくださいませ」

彼女は太陽の陽射しをふんだんに浴びたような、赤茶色の髪をしていた。祖国の島でよく見かけた髪の色だ。彼女を見ているだけで懐かしい気持ちになる。

「許すも何も、あなたの子供さんは何もしていないわ。デニス様とおっしゃるの？　一歳くらいかしら。可愛らしい子供さんね」

エヴァがニッコリ笑って言うと、彼女は目を丸くした。

「お怒りでは、ありませんの？」

「そんな怒るようなことは何も……」

「ああ、ご挨拶が遅れました。わたくし、アイラと申します。どうぞ、お見知りおきくださいませ」

エヴァのほうも挨拶をしようと思ったとき、女官の手を振りほどき、デニスがふたたび駆け出した。今度は身体を冷やすための浴槽に向かって突進する。

女官たちは大わらわで「デニス様ーっ」と叫んであとを追っていく。

「ああ、もう……」

「気になさらないで。飛び込んだら危ないから、どうぞ早く追いかけてあげてください」

急いで伝えると、アイラも頭を下げて子供のあとを追った。

「エヴァンテ様、大丈夫でございますか？」

ジーネットがエヴァを気遣うように声をかけた。

「ええ、もちろんよ。あんな小さな子供がぶつかったからといって、何も起こるはずがないわ」

「そういう意味ではなく……いえ、何もなければよろしいのです。では、参りましょう」

王女として大切に扱ってもらえるのは嬉しい。でも、十年もの間、女奴隷のエヴァとして生きてきた。多少の要領のよささや図太さは持っているつもりだった。

だがそのとき、世話係のひとりが真面目な顔でエヴァを称え始めた。

「でも、さすがエヴァンテ様ですわ。デニス様にもあんなにお優しくされて」

「そんな、おおげさだわ」

「そうはおっしゃいましても、妾妃のアイラ様がお産みになった男のお子様ですもの。アスラーン様の後継者のこともありますし、複雑な思いがあって当然です」

「え……」

世話係はたしかに「妾妃のアイラ様」と言った。

妾妃の産んだ子供となれば、父親は——アスラーン以外にあり得ない。思えば、あの黒い髪。サラサラの黒髪はアスラーンにそっくりだ。

アスラーンに息子がいた。

その事実はエヴァの胸に、鈍い痛みを与えたのだった。

第四章　夜ごとの寵愛

　後宮の中にあるアスラーンの部屋は、個室と言いがたいほど広い。天蓋つきの大きな寝台が窓際に置かれ、薄い天幕がその周りを囲んでいる。

　だがどれほど広くても、そこはふたりだけの親密な空間だった。

「アスラーンさ……ま、わたしは……もう……」

　今宵何度めの交合だろう。息も絶え絶えにエヴァはアスラーンの名を呼んだ。

　エヴァを後宮に連れ込んだあと、アスラーンの欲情は堰を切ったように激しさを増す一方だ。無垢な花びらを散らしたばかりのエヴァの躰は、アスラーンの情熱を受け止めながら、女の悦びを教えられつつあった。

　蜜窟をまさぐる長い指がふいに動きを止め、次の瞬間、膣内に二本めの指が押し込まれた。

「はぁ……うっ」

　一度に二本の指を挿入されたのは初めてのこと。思わず息を止める。しかも、二本揃えて掻き回すだけでなく、バラバラに動いてエヴァの躰に経験したことのない感覚を教えていく。

それは悦びを超えた未知なる感覚——拠りどころのない不安でエヴァの心はいっぱいになった。

しだいに身体が硬くなり、アスラーンの指が異物のように思えてきてしまい……。

エヴァが我慢を続けていると、一本の指がスッと抜かれた。

「そう身体を強張らせるな。おまえにはまだ早かったようだ。ほら、こっちのほうが感じるだろう」

別の指が花びらの奥に潜む淫芽を捉え、優しく押し始める。

トントンと叩くような動きが、しだいにグリグリと回す動きに変わり、エヴァはアスラーンの腕にしがみついていた。

「ア、アス……そっ、そこ、ダメで……あっ」

未熟な蜜窟に比べ、淫芽はアスラーンによって敏感にされてしまっている。

そのことを知られるのは恥ずかしいが、これぱかりは隠しようがなかった。

エヴァはハアハアと荒い息を吐きつつ、ありったけの勇気を出してアスラーンの下半身に手を伸ばした。

「あ、あの……お、お待ちください。わたしも……内廷の浴場でしていたように……口でしても、いいですか？」

彼の顔を見るのが怖い。余計なことをするなと言われたら、もう一度お願いする勇気は湧いてこないと思う。

だが、与えられるばかりの快感がエヴァの心に焦りを生んだ。自分もアスラーンを悦ばせたい。その一心になる。

直後、エヴァの膣内から指が抜かれ、返ってきたのは意外な言葉だった。

「あれは、おまえにとって嫌な行為ではなかったのか？」

アスラーンは面食らったように呟く。

「嫌じゃなかったです。最初はびっくりしましたけど、アスラーン様のなら……嫌じゃないです」

「いいだろう。では、おまえの好きにしてみろ」

寝台の上に裸体を起こし、アスラーンは片膝を立てて座った。その表情はすこぶる愉快そうだ。エヴァは彼の機嫌がいいうちにと、慌ててしゃがみ込んだ。

すると、彼女の手が触れた部分は、すでに雄々しくそそり勃っていた。

「ご覧のとおりだ。おまえの口淫を必要とはしていないが、そんなに咥えたいのか？」

「は、はい……ダメ、ですか？」

「いや、言ったはずだ。好きにしろ、と」

エヴァは両方の掌で優しく包み込み、猛りの先端にそっと口づけた。

裏筋に添ってつーっと舌を這わせると、跳ねるようにビクンと震える。そんな肉棒をあやすように撫でたあと、くびれに沿って舌でなぞり、横から軽く吸いついた。

アスラーンの肉棒はますます硬くなり、真上を向いて下腹に張り付いてしまう。

「アス、ラーン様……内廷のときより、大きくなったみたいなのですが……」

「大きいと何か問題でも？」

頑張って口を開いてもすべてを咥えるのは無理に思え、エヴァは彼の肉棒をみつめつつ返答に困っていた。

「そんなに睨むな。縮みそうだ」

呆れた声が頭上から降ってきた。エヴァが見上げると、苦笑いを浮かべてアスラーンは見下ろしている。

「す、すみません」

エヴァは歯を当てないように注意しながら、亀頭部分だけを咥えた。両手で淫柱を上下しつつ、懸命に舌で舐め回す。そして根本部分をギュッと握ると同時に、先端を強く吸い上げる。

「クッ！　おいエヴァ、おまえ……どこで覚えた？」

その切羽詰まった声に慌てて口を離し——。

「い、いえ、アスラーン様が……教えてくださったことが、すべてです」

そしてふたたび咥えようとしたとき、アスラーンに必死の形相で止められた。

「もういい。まったく、おまえという奴は」

「あの、口の中にしてくださっても……あっ、きゃっ！」

エヴァは寝台の上に転がされた。両脚を摑まれ、強引に開かされる。

薄い天幕を揺らし、窓から夜風が吹き込んできた。日中よりは涼しく感じる風が、エヴァの秘所を撫でていく。

「思ったとおりだ。コイツを咥えながら、おまえもずいぶん感じていたようだな。涎を垂らすように、滴り落ちているぞ」

エヴァの頰は一瞬で真っ赤に染まる。

いつのころからか、アスラーンの身体に触れるだけでエヴァは全身が熱くなるようになった。そうなると決まって、脚の間にヌメリを感じるのだ。

アスラーンに抱かれるようになり、それが恥ずかしいことだと知った。

釈明のしようがなくエヴァは黙っていたが、すぐにそれもできなくなる。

「あ、やぁっ……アス、ラーンさ、まっ」

グッと高ぶりを押し当てられ、そのまま一気に挿し込まれた。

二本分の指よりよほど大きな肉の棒が、エヴァの蜜襞を押し開き、舐めるように胎内を蹂躙していく。グジュグジュと蜜を搔き混ぜる音が聞こえ、彼女を官能の海へと引きずり込んだ。

ゆったりとした抽送を繰り返しつつ、アスラーンはエヴァの耳元でささやく。

「凄いな、エヴァ。ここまでヌルヌルなのは初めてだ。おまえは男根を咥えると興奮する性質《たち》らしい」

「そんな……な、ないで、す……わた、し……あ、やんっ」

緩やかに動かしていた腰が、ふいに早くなり、灼熱の杭で蜜窟の奥を穿つかのように変わる。だがすぐに、ゆっくりした動きに戻すのだ。肉の杭は幾度となくエヴァの膣を往復した。

そのとき、アスラーンの指がエヴァの胸をなぞるように触れ――。

「あ……クッ！」

短い声を上げ、エヴァは懸命に口を閉じた。

「なぜ、我慢する？　誰も聞く者はいない。女になったおまえの声をもっと聞かせろ」

「それは……やっ、んっ……あ、あぁ、やぁーっ！」

アスラーンの欲棒を躰の奥深くに感じる。繋がったまま激しく揺らされ、口を開けば彼が望むとおりの嬌声を上げてしまう。

（も……ダメ、我慢でき……ない）

エヴァは意識が遠のくくらい、夢中になって彼を受け入れていた。


ゆらゆら、ゆらゆら、と身体が揺れる。

遠くから聞こえてくる声が、しだいに近づいてくる。

『アスラーン様の後継者のことは口にしてはならないことです。エヴァンテ様がお優しいからといって、領分をわきまえなさい！』

ジーネットの鋭い声が耳に響き渡った。

昼間浴場で、彼女が世話係の女性を叱りつけたときの声だ。

『よろしいですね、エヴァンテ様。デニス様はアイラ様のお子様――後宮で口にしてよいのはこれだけです』

エヴァは驚きつつ、ジーネットの勢いに押されてうなずくだけだった。

ジーネットの声にはどことなく鬼気迫るものがあって、エヴァの心を妙にざわめかせるのだ。

切羽詰まった声で女性に怒鳴られたとき、頭に浮かぶのは決まってオルティアの姿。

『ダメだと言っているでしょう！』

アスラーンがテティス城を訪れたあの夜、姉は酷く苛々していた。優しい姉がどうしてあんなに怒っていたのだろう？

それだけではない。エヴァには、両親や兄と別れの挨拶を交わした記憶が全くなかった。

兄のマリノスとは十歳も離れていた。すでに父の片腕となるべく国政に携わっていたように思う。仲良く遊んでもらったという記憶はないが、大事にされていたことは間違いない。最後の最後まで、エヴァだけは国の犠牲にならないよう、安全なところに逃がそうと言ってくれた気がする。

その兄が、テティス島を離れるエヴァたちに何も言ってくれなかったとは思えない。

ただ、反対したのかもしれない。勝手に助命を頼みに行ったエヴァのことを、怒っていたのかもしれない。だから、別れるときに何も言ってくれなかった。

あるいは、酷く叱られ……それで、エヴァの記憶から都合よく抜け落ちている可能性もあった。

思い出したい。叱られた言葉でもいいから、父や母、兄の言葉を。

しかし、テティス島を離れたときのことを思い出そうとすると、頭の中に大勢の足音が聞こえてくるのだ。

人のざわめく気配、怒声、泣き声、血の匂い——そして、転がる金色の塊。

『エヴァ……エヴァ……』

遠くでエヴァの名前を呼ぶ声が聞こえる。

それは奴隷になったあとのエヴァの呼び名。でも、家族はみんな彼女を『エヴァ』と呼んでいた。だから、この呼び名は嫌いではない。

『エヴァ……』

男性の声だ。

父だろうか、それとも兄？　エヴァは記憶の糸を手繰《たぐ》り寄せ、必死になって思い出そうとしていた。

「エヴァ、眠ったのか？」

アスラーンの問いかけにエヴァはハッと意識を取り戻す。

「はい……あ、いえ……すみません、大丈夫です」

あまりにも心地よくて、身体がふわっと浮いた感じがして、そのままウトウトしていたようだ。

「――テティス島のことを思い出していたのか？」

感情を殺したような、アスラーンの問いかけだった。

「どうして……そんなことを？」

エヴァが不思議に思って尋ねると、彼はふいと横を向く。

「家族のことを呼んでいた。それで……何か、思い出したか？」

「いえ、まだ、思い出せないです。ただ、眠っているときに、ぼんやりと頭の中に浮かぶ光景はあります。かなり騒々しくて、ただならない状態みたいで……最後に金色の塊が海の近くに転がっていて……わからないのがもどかしいです」

エヴァの言葉にはなんの反応もない。

今度は逆に、アスラーンが眠ってしまったのか、と思った。

「あの……アスラーン様？」

「ああ、聞いている」

不機嫌そうにポツリと答える。どこが悪かったのかわからないが、エヴァの言葉が気に入らなかったらしい。

「すみません、変なことを言ってしまって。でも、大丈夫です！　アスラーン様に仕えることにはなんの問題もありませんから」

「そうだな……」

「アスラーン様……怒っておられますか？　やはり、わたしではお役に立てませんか？わ、わたしの、身体は……お気に召していただけなかったのでしょうか？」

アスラーンに至福を味わって欲しかった。でも、気持ちよくなるのはエヴァばかりで、彼にとっては少しも楽しい時間でないのだとしたら？

エヴァはズンと落ち込んでしまう。

「そうじゃない。おまえの身体は最高だ。私にとってこれ以上ない悦びを与えてくれる。ただ……」

彼の言葉に一瞬で浮上するが、途切れた先がやはり気になる。

「ジーネットから聞いたぞ。浴場でアイラに会ったそうだな」

「……はい」

黒髪の愛くるしい少年の姿が浮かんだ。

アイラとデニスの存在を知ったときはショックだった。だが、これだけの後宮があり、皇子の身分にあるアスラーンに妻子がいないわけがない。

ただ、どうしてあそこまでジーネットが声を荒らげるのかがわからなかった。だが、じっくりと考えてみればすぐに思いつくことだ。

アスラーンの地位は盤石ではない。それどころか、皇帝が亡くなり、サバシュが即位すればすぐにでも皇子の地位は奪われ、この宮殿にも兵が乗り込んでくるだろう。

そうなれば、アスラーンの次に命を狙われるのは彼の息子に決まっている。

ルザーン帝国の皇帝は代々即位に前後して、帝位の継承権を持つ兄弟とその息子を謀殺《ぼうさつ》してきた。後顧の憂いを断つため、皇帝の地位をたしかなものにするために。その反面、継承権を持たない男子や姉妹には寛容だという。

デニスは公式にアスラーンの息子と認められていないのだ。だから皇子の地位もなく、後宮内では箝口令《かんこうれい》が敷かれている。

何も与えないことが、アスラーンが何よりデニスを守ろうとしている証。

「何か、言いたいことはないのか？」

アスラーンは眉を顰《ひそ》めながら尋ねる。

あまりにも苦しげな表情に、エヴァのほうが戸惑ってしまう。

「あの……やっぱり、アスラーン様はお優しい方だと思いました」

「わたしが、優しいだと？」

エヴァは身体を起こし、アスラーンから離れて座った。

「はい。アイラ様は素敵な方ですし、デニス様も……ア、アスラーン様によく似て、可愛らしくて……愛されていることがよくわかります」

何気なく口にしていた。もちろん、エヴァの本心だ。でも、口にするごとに胸の辺りがざわめいて、ハラハラと涙が流れ落ちる。

「あ、あの……本当です。本当に……わたしは平気です。わたしも、あなたに守っていただいているのだもの。アスラーン様が自分の子供を大切に思うのは当然……」

言葉に詰まった瞬間、アスラーンに強く抱き締められて目の前が真っ暗になった。

「泣くな。アイラとデニスの件はいつか話す。だから、今は何も考えず、私に抱かれていればいい」

「でも……アイラ様は、わたしのこと……」

「考えるなと言ってる」

アスラーンの指先がエヴァの髪に触れ、優しく撫で始めた。

幼い子供を宥めるように撫でていたかと思うと、指先に絡めて唇を押し当てる。それはエヴァの官能を軽くくすぐる仕草だった。

「ア……アスラーンさ、ま？」

「来い」

「あ……きゃっ！」

裸のまま寝台から下ろされ、窓に向かって立たされた。

窓には木の格子《こうし》が嵌《は》めてある。この時期、外の木戸は開いたままになっていた。澄んだ夜風が静かに流れ込み、エヴァの火照った肌を冷ましていく。

「何が見える？」

アスラーンの問いに、エヴァは後宮の庭に目を凝らした。

緑の木々は暗闇に紛れてしまっている。美しく咲く花々もわずかな香りでしか探ることはできない。ただ、格子の間から綺麗な月が見えた。

「月……美しい満月《ディライ》が見えます」

「ああ、そうだな。——十年前まで、私の目に映る窓の景色は格子だけだった。格子の外にあるものを求めるのは愚かだと、十八年かけて過去の歴史から悟ったんだ。なのに愚か者と呼ばれても、手に入れたいと思った。あの……美しい満月を」

太陽のような派手さや眩しさはない。だが、進むべき道に一条の光を当ててくれる優しい月の光。

そういえば、アスラーンと初めてあった夜も満月だった。

彼がルザーン帝国の皇子と聞き、優しい皇子ならエヴァの願いを聞き届けてくれるかもしれない、と思って忍び込んでいった夜。無謀にも、家族の命を助けて欲しいと願ったあの夜の約束。

エヴァと約束など交わさなければ、アスラーンはもっと自由に生きられたのだ。

皇帝やサバシュの手足となり、戦場で〝血に飢えた獅子〟などと呼ばれることもなかった。

「申し訳ありません……わたし、何も知らなくて、アスラーン様の優しさを利用したようなものですね……」

「やめろ」

アスラーンにしては小さく頼りない声。

それはエヴァの罪悪感を煽り立てた。

「でも、わたしのせいで……」

もしアスラーンが助けてくれなかったら、自分は今ごろ何をしていただろう。母の出身であった北方の国まで逃げ延びることができただろうか。途中で海賊や夜盗に捕まり、結局、奴隷として売られていたかもしれない。

「内廷にいたとき、小姓たちの噂話を聞きました。アスラーン様は十年前に変わった、と。あのとき……皇太子殿下とともに兵を率いてティス島に来られたとき、アスラーン様には何かお考えがあったのではないですか？」

背後でアスラーンが息を呑む気配を感じた。

（やはり、本当なのかもしれない。わたしが、この方の運命を変えてしまったのかも……）

「あのあと……わたしたちを助けるために、何かとんでもないことをしてくださったのではないですか？　ああ、どうして、わたしは島を離れたときのことを何も覚えていないの!?」

エヴァは申し訳なさに自らを責め始める。

「やめろと言ってる‼」

ふいに、アスラーンは荒々しい声で叫んだ。

「私は優しい人間ではない。今、おまえがすべきことは、過去の記憶を掘り起こすことではなく、私に抱かれることだ」

彼は追い立てられるように早口で言うなり、肩口に唇を押し当てた。

そして、エヴァの柔らかな肌に痕が残るほど強く吸いつく。

「そんな……そんなことは……はぁ……んんっ……あぁっ！」

後ろから回された手がエヴァの胸を鷲掴みにする。強弱をつけて揉まれ、エヴァは倒れそうになり格子に掴まった。

「尻を出せ。腰を引いて、入れやすいように突き出すんだ」

「あ……立った、まま……ですか？」

「不満か？　だが、おまえの不満に耳を貸す気はない」

感情を押し殺したような声が聞こえ、左右から腰を掴んで引っ張られた。背後から押し当てられた熱が割れ目を往復して、声を上げる間もなく、男の昂《たかぶ》りを捻じ込まれていた。

まだ数えるほどしか受け入れていないのに、エヴァの躰は彼の形を覚えているかのようだ。後ろから突かれることに不安を感じながら、それでもアスラーンを呑み込んでいくのがわかる。

（わざと、乱暴にしているみたい。わたしが、優しいって言ったから……？）

アスラーンの熱が最奥に達したとき、少しだけ腰を動かしてみた。

「なんだ？　私を達かせて、さっさと終わろうという腹づもりか？」

「違い……ます。ただ、あなたに、気持ちよくなって……欲しくて、それだけで、す」

だが、それだけではないことを、エヴァは自分の身体の変化で知る。

ほんのわずかに動かすだけで、繋がった部分から火が点いたように熱くなっていく。同じ場所から卑猥《ひわい》な水音が聞こえ始め、耳を覆いたくなるほどだ。

「こんな恥ずかしい音をさせながら、よくもそんな嘘がつけるな？　本当は、おまえ自身が気持ちよくなりたいだけだろう？」

「そんなこ……と、あ……あぅ」

体内の熱は硬さを増し、抉るようにエヴァの蜜襞を擦り上げてきた。

腰から手が離れ、ふたたび胸を激しく愛撫される。エヴァの華奢な肢体は嵐に巻き込まれたように、揉みくちゃにされた。

苦痛と心地よさ、不安と充足感の間で心も身体も揺れる。

「おまえの国を滅亡に巻き込んだのはこの私だ。私を殺すために、サバシュが皇帝を動かし、ティオフィリア王国に攻め込もうとした。二度と私を優しいなどと言うな。信頼も尊敬もすべてが偽り、月の物がないと嘘をついたのも私に奪われることを恐れたから、そう言うんだ!!」

「そんな……わたし、は……ぁあ、んっ！」

下りてきた右手が淫部をまさぐった。

濡れた花びらを左右に開き、花芯を性急に弄《もてあそ》び始める。

「本当はオルティアのもとに行きたかったのだろう？　だが、私がサバシュの後宮に入れまいとしていたことを知っていた。案の定、おまえが女になったと聞いた直後、強引に処女を奪った！　そんな私が憎くないはずがない。違うか？」

「あ、あ、あ……アス、ラーンさ……ま、もう……あぁう、やぁ、そこは触らない、でぇ……あぅ、抓んだらいやぁーっ」

アスラーンの怒声は聞こえていた。

違うと答えたら、さらに怒らせてしまいそうだ。だが、彼の言葉にうなずくことはできなかった。

迷ううちに、エヴァの口から零れるのは喘ぎ声ばかりになる。

淫芽を指で抓まれ、激しく擦られ、気が遠くなりそうだ。蜜窟は愛液でいっぱいになり、繋がった場所からグチュグチュと淫らな音が聞こえてくる。

栓をしたはずの肉棒の隙間から、劣情の蜜が滴り落ち……内股《うちもも》を伝い、ポタリポタリと床に染みを作っていく。

エヴァは祈るように格子にしがみつくだけになった。

何度目かの快感がエヴァを襲う。

下肢をブルブルと震わせ、とうとう膝から崩れ落ちてしまった。

「あぅ……おねが、い……もう、許して……も……ダメェ」

エヴァは床に膝をついた。格子を摑んでいられなくなり、壁に手をつく。だが、その手はズルズルと床まで滑り落ちてしまう。

彼女に合わせるようにアスラーンも腰を落とし、どんな体勢になってもエヴァから抜こうとはしなかった。

「私に抱かれるのが苦痛ならそう言え。言わなければ、まだ続けるぞ」

力を込め過ぎた感じがして、太ももがガクガクと痙攣している。

エヴァは苦痛だと言葉にしようとしてやめた。膣奥にずっと彼の熱を感じる。

（これくらいがなんだと言うの？　妾妃の務めが苦痛だと言うなら、十四で妾妃になられたお姉様はもっと苦痛だったはずよ。それに、わたしはアスラーン様を愛しているのだから……）

エヴァは少し振り返り、肩越しに呟いた。

「やめ……ないで。おねが……いです、あなたを……信じて」

するとアスラーンは前のめりになり、エヴァの背中に覆いかぶさった。

肩や背中、首筋に舌を這わせてくる。ゾクゾクした感触に背中を反らせたとき、アスラーンは腕を彼女の身体に回した。強く抱き締めるなり、腰を打ちつけ始める。

「信じて、いいって……言って、わたしには……あなた……しか、いないの、だか……ら……やぁあああーっ!!」

荒々しい抽送に、エヴァは躰が壊れてしまうかと思った。アスラーンの欲棒は蜜壁を擦り、花を散らす勢いで前後している。

「エヴァ……エヴァ」

それは初めて聞くアスラーンの声だった。

まるで泣いているような声色。大切な人の名前を呼ぶような甘さまで感じる。

エヴァも同じ温度で彼の名を呼んだ。

「アスラーン様」

消えそうなほど小さな声でささやいた瞬間、エヴァの膣内で彼の熱が爆ぜた。

堰を切ったように暴れ狂う奔流。一瞬のことにとどまらず、ドクンドクンと脈打つように精を吐き出していく。

突き上げられる快感とは違う、満たされていく幸福感に、エヴァは唇を噛み締め頤を反らせた。

この夜、エヴァは自分が本当の意味で女になったと感じた。でも、女になることは切なく悲しい思いを胸に抱くことなのだ。

開いた目に映る美しい満月。

溢れてきた涙に、満月はゆらゆらと揺れ始めた。

☆　☆　☆

エヴァが後宮で暮らすようになり、早一ヶ月。まだまだ陽射しは強いが、朝晩の気温は早く下がるようになった。

そして後宮での生活だが、さすがにひと月も過ごせばだいぶ慣れてきていた。

愛妾の肩書きを持つ七人の女性は、全員が二十歳を過ぎており、エヴァにとても優しくしてくれる。もちろん、妾妃のアイラもそうだ。

一歳三ヶ月というデニスも、目覚ましい勢いで言葉を覚え、日を追って活発に動くようになってきた。最近ではエヴァのことを『ヴァー』と呼んで、顔を見たら飛びついてきてくれる。

たしかに、アスラーンの息子という現実には切ないものがある。だが、幼い子供にはなんの罪もない。

それに、穏やかなアイラを嫌うのもお門違いだ。仲のよい母子の姿は見ているだけで微笑ましく、エヴァも本気で子供が欲しいと思い始めていた。

後宮の中は実に平和で、アスラーンとサバシュが一触即発の状態であることなど、つい忘れてしまいそうになる。

このままいつまでもこの幸せが続けばいい。そう願いながら、ここにオルティアがいてくれたら、と思わずにはいられないエヴァだった。

ただ、平和な日々の中にも問題はある。

エヴァにとっては嬉しくもあり、悩みの種にもなっていた。

「エヴァンテ様、準備が整いました。さあ、お入りくださいませ」

大きな扉を開けて、女官長のジーネットが姿を見せた。

「ねえ、ジーネット。ここは、女性が入ってはいけないと聞いたのだけど」

後宮の中にあるアスラーン専用の浴場。

この存在を知ったとき、エヴァは目を丸くして驚いた。

(専用の浴場がありながら、どうして十年間、それもほぼ毎日、アスラーン様は内廷で入浴されていたのかしら?)

エヴァの覚えている限り、宮殿にいるときは内廷で入浴を済ませていた。夜に外出の予定があれば昼間のうちに、といった具合だ。それを見てエヴァは、後宮内では入浴しない決まりでもあるのだろう、と思っていた。

もちろん、誰かに尋ねて確認したわけではない。だが、当たり前のように振る舞われたら、奴隷の立場なら疑問に思わず受け入れても仕方ないだろう。

ところが、実際の決まりはむしろ逆。これまでのスーレー宮殿の主人は、常に後宮内の浴場を利用していた。内廷の浴場はあくまで予備という扱いだったらしい。

それだけではない。浴場での世話係には、後宮では宦官が、内廷では小姓が就くという。

女奴隷であるエヴァの起用はまったくの異例。アスラーンの独断だったと、エヴァが知ったのはつい最近のことだった。

「これまでは慣例になっていたというだけで、厳格な決まりがあるわけではありません。アスラーン殿下がお待ちでございますよ」

ニッコリ笑って中に入るよう言われたら、エヴァも笑顔を返す以外にない。

大理石の床に足を下ろし、ゆっくりと中央まで歩いていく。そこには女たちの大浴場と同じ、円形の大きな大理石の台が置かれていた。

「ずいぶん遅かったじゃないか、エヴァ。さて、今日は背中を揉んでもらおうか」

すでに身体は洗い終えたらしく、アスラーンは寛いだ様子で台の上に横たわっている。幸いと言うべきか、腰の部分だけ布がかけられていた。慣れてきたとはいえ、まともに見てしまうとやはり恥ずかしい。

「あの、アスラーン様、そういったことは宦官の方の役目ではないでしょうか？」

呼ばれたら来ないわけにはいかないが、普通は違うという話を聞いてしまったら、尋ねずにはいられない。

エヴァにすれば人の仕事を奪っているようで、申し訳ない気持ちになってしまうからだ。

「私に奉仕するのは嫌なのか？」

「そうではありません。ただ、皆さんがどう思っておられるか、とくに宦官の方が」

「私の命令に逆らっていい人間はこの後宮にはいない。おまえもそうだ。それとも、おまえには拒否する権利があると思っているのか？」

反論しようのない言葉にエヴァは口を閉じた。

彼は最近何かにつけ、エヴァを試すような問いかけをする。そしてことさら、優しい人間ではない、と彼女に思わせたいようだ。

理由はわからないが、エヴァにはどうすることもできなかった。

彼女は複雑な思いを胸の奥に押し込め、透明な瓶に手を伸ばす。

中に入っているのは、エヴァの祖国でもたくさん収穫されていた、オリーヴの果肉から取り出される油《ヤール》。料理にも使われているそれを掌に垂らし、両手を擦り合わせたあと、アスラーンの背中に塗り込んでいく。

女の肌とは違う、硬い筋肉が鎧のようだ。油でツルツルになった肌を力いっぱい懸命に揉むが、効いているのかどうかわからない。

だが、エヴァは自分自身の息が上がり始めるのを感じていた。

後宮に入る前、内廷の浴場でも同じことをしていた。あのときは、アスラーンに喜んでもらいたい、そのことしか考えていなかった。

でも今は違う。彼の素肌に触れているだけで、エヴァは別のことを考えてしまうのだ。

彼の逞しい身体に抱き締められ、口づけされながら熱い塊に貫かれる瞬間のことを――。

（どうしてこんなことを考えてしまうの？　これが大人の女になるということなの？　それとも、アスラーン様にいろいろ教えられたから……）

紅潮した頬を隠すため、エヴァは手の甲で額の汗を拭う。

そして、いつもどおりの手順で、腰を揉むためにアスラーンの上に跨った。

「〝血に飢えた獅子〟の乗り心地はどうだ？」

彼はからかうように言う。

冷たいくせに、時折、温かい声をかけてくれる。そんなところも優しいと思うのだが、言葉にすればたちまち激変するので何も言えない。

ただ、エヴァの返事も最近は少し変わってきていた。

「あんまりよくありません。硬くて、ゴツゴツして、お尻が痛くなります」

ほんの少し、甘えたような口調で答えてしまう。

それはアスラーンにも伝わっているようだ。

「ふーん、おまえも一人前に女の口を利くようになったな」

「そんなつもりは……いいえ、アスラーン様に毎晩お召しいただいていますので、もう大人の女です」

エヴァはそう言いながら、体重を乗せて彼の背中から腰に手を進めていく。

脇腹の傷痕はだいぶ薄くなっていた。だが、首から背中にかけて、そして大腿部にも刀傷や火傷の痕が見える。戦争から戻るたびに、アスラーンの傷は増えていく。

どれほど傷が増えても、必ず帰って来てくれた……これまでは。

「どうした？　少しは体重が増えているようだが、そんな力じゃ効かないぞ。また、余計なことを考えているようだな？」

「申し訳ありません。わたしは、あの……」

彼の命が心配だった。だが、そのことを言うと戦いの話になり、サバシュとの諍《いさか》いにまで話が及んでしまう。そして十年前の話になれば、アスラーンは苦しげな顔になる。エヴァが信頼の気持ちを告げれば告げるほど、苛立ちを露わにするのだ。

彼女はいったん口を閉じ、違う言葉に切り替える。

「本当に毎晩お召しいただいて……よろしいのですか？　ご愛妾はあんなにたくさんいらっしゃいますのに」

アスラーンは苦笑いを浮かべる。

「誰かに文句でも言われたか？　私の愛妾たちは言うまい。さしずめ、彼女らに仕える世話係辺りかな」

エヴァはドキッとした。

たしかに誰からも文句を言われたことはない。それはエヴァ自身も不思議なくらいだ。ただ、世話係が集まって『もっと他の女性をお召しになっても』といった噂話を耳にしたことはあった。

「後宮にいらっしゃる他の皆様に申し訳なくて。その……わたしがアスラーン様を独り占めしているみたいだから」

ギュッギュッと腰の右側に力を込めて押さえる。今度は左側を、と思った瞬間、アスラーンの低い声が聞こえた。

「エヴァ、私から下りろ」

「ま、まだ、終わっていません」

「かまわない。さっさと下りるんだ!」

彼女が躊躇していると、ふいに彼が右半身を上に向けた。

「あ……きゃっ！」

迷っていたせいか、エヴァは勢いをつけて左に転がった。そのまま、大理石の台から落ちてしまいそうになる。

そこを仰向けになったアスラーンが右手を伸ばして摑まえてくれた。軽くヒョイという感じで引っ張り上げ、自分の腕の中に引き寄せる。

「何をやってる。床も大理石だぞ。おまえのような華奢な娘だと、落ちたら骨が折れる」

「す、すみません。でも、アスラーン様が急に動くから」

しばらくの間、エヴァは背中を向けたまま、彼の腕の中でジッとしていた。

ふたつの呼吸音だけ聞こえる。そんな静かな時間が過ぎていく。

ふんわりとした湯気が浴場のそこかしこから立ち上り、優しい温もりで空気が満たされていく。

涙が込み上げるくらい幸せで、エヴァは目を閉じようとした。

「女はよくわからない。その基準で測るなら、おまえは間違いなく女だ」

「アスラーン様？」

振り返ろうとしたとき、どういうことか、アスラーンはエヴァの身体を組み伏せたのだ。

「え？　あ、あの……」

「気が変わった。今度は私がおまえを揉んでやる。油をたっぷりと使って、隅々まで可愛がってやろう」

「そ、そんなっ！　あの、待ってくだ……あ、やぁん」

身体に巻いた浴用布を剝ぎ取られ、剝き出しの背中にトロリとした液体が擦り込まれる。大きな手が優しくゆったりと上下した。乱暴な力強さは一切なく、背中全体を壊れ物にでも触れるように撫で回している。

アスラーンはエヴァの上に跨り、腰を下ろさずに臀部を鷲摑みにした。

「あっ……や、やだ、あ、あっ」

「柔らかな桃のようだ。淡いピンク色に染まって、齧《かじ》ると美味しそうだが。さあ、どうかな？」

身を屈めて、エヴァの尻にかぶりつく。軽く歯を立てたあと、チュッチュッと音をさせながら吸いついてくる。

その直後、彼は指先を臀部の割れ目に滑り込ませた。

油のぬるっとした感覚がエヴァの身体をゾクリとさせる。すぐに油とは違うヌメリが溢れてきて、開きそうになる脚を懸命に閉じようとした。

「おまえの尻は柔らかい。どうせなら、もっと甘い蜜が欲しいな。こっちのほうからいただくとしようか」

「ま、待って……ちょっと待って、そこ……そこはぁ……あぁっ」

アスラーンの指先は蜜壺を探り当て、中に押し入ってくる。

クチュリと蜜を掻き混ぜる小さな音が耳に届き、それはすぐさまグチュグチュという大きな音に変わった。

「このヌルヌルの液体はオリーヴの油か？　それとも、おまえの躰から溢れてきた蜜か。どちらか答えろ」

エヴァの太ももは快楽に引きずられるように、少しずつ開いていく。

ほんの少し前まではこんなふうにはならなかった。最初は苦痛を感じた行為が、今はアスラーンの愛撫を受けてこんなにも反応してしまっている。

だが、そんなことを正直に答えられるはずもなく、彼女は口をギュッと閉じた。

「答えられないなら、それでもかまわない。舐めて確認するとしよう」

「あっ、それは……ぁ、ああっ……はぁぅ」

アスラーンはエヴァの腰を摑むと軽く引っ張り上げる。

上半身は大理石にうつ伏せのまま、膝を立てて腰を突き上げた格好をさせられた。剝き出しの淫部にアスラーンは唇を押し当て、美味しそうに舐り始める。

同時に指先で淫芽を擦られ、

「ひゃぁうっ！　はぁあっ……あ、あ、あぁっ！　やぁ、ダメ、ダメなの、アス、ラーン……さまぁーっ！」

エヴァは易々と快楽の門を押し開け、その下を通り抜けた。悦びに身を委ねたあと、腰を揺らして余韻に浸り続ける。

ふいに、窄《すぼ》めたアスラーンの舌を蜜窟の中に押し込まれた。指よりも太く、しっかりした肉感が体内に広がる。ヌメリを帯びた塊が膣襞を押し退け、隘路《あいろ》を蠢《うごめ》いている。

「あっ……はぅんっ！　もう……許して……抜いて、くださ、い」

悦楽の深さにエヴァは怖くなり、アスラーンに懇願した。

フッと拘束が解けた。秘部から圧迫感がなくなり、エヴァは自由になったことを知る。腰を掴む手も離れ、下半身から力が抜けてペタンと床に座り込む。

だが少しすると、今度は不安でどうしようもなくなる。

大人の女に作り変えられた躰は、彼から与えてもらえるはずの悦びを想像し、期待に震えていた。

「おまえが望むとおり、抜いてやったぞ。さて、この抑えきれない猛りは、他の愛妾を召して宥めてくるとしよう。おまえもそれを望んでいるんだろう？」

エヴァはびっくりして身体を起こした。

アスラーンは台から下り、腰に布を巻くとすたすたと歩き始める。

「あ……待って、そんな……アスラーン様、行かないで！」

胸が引き絞られるように痛い。このまま見送ってしまったら、二度とアスラーンに抱いてもらえない気がした。

彼を独占したいなんて、おこがましいことを考えているわけではない。だが、他の愛妾たちを抱いて欲しいと願っているわけでもないのだ。

それなら何を望んでいるのだ、と聞かれたら……。

エヴァにはわからない。どこまで望んでも許されるのか。求められるままに応じていてもいいのか。

ただ、アスラーンに向けた信頼と尊敬が、彼と結ばれたことでそのまま愛情へと変化している。ふと気づけば彼のことばかり考えていた。かつては姉のオルティアや兄のマリノス、両親の住むテティス島のことばかりだったのに。

アスラーンが好きだ。好きで、好きで、大好きで、いつまでも傍にいたい。

後先も考えず、エヴァは裸のまま駆け出した。引き止めたい一心で、彼の背中に縋りつく。

「望んでなどいません！　どこにも行かないでください……お願いだから、行かないで」

「それは、おまえの膣内《なか》に押し込んで果てて欲しいという意味か？」

あからさまな言葉をぶつけられ、力任せに引き剝がされた。

きつい言い方と態度にエヴァは泣きそうになる。そんな彼女の顎にアスラーンの手が触れて、上を向かされた。

自分の何がアスラーンを怒らせたのかわからず、必死で涙を堪え、漆黒の瞳をジッとみつめる。

「答えろ、エヴァ。私はおまえを抱けばいいのか、それとも、他の女を抱いてくればいいのか。どっちだ？」

エヴァはスーッと息を吸い込み、少し吐いて止めた。

「わたしを……抱いて、ください」

彼を繋ぎ止めておけるならなんでもする。たとえ娼婦のように扱われたとしても。そんな思いで口にした言葉だった。

「いいだろう。では、台の端《はし》に腰かけて座れ」

アスラーンは仕方なさそうにエヴァに命令する。

言われるまま、彼から離れて、大理石の端にちょこんと座った。

「もっと脚を開け。おまえはそのために、私を呼び止めたんだろう？」

「……は、はい」

エヴァは脚を九十度ほど開いた。

先ほどの愛撫でしとどに濡れた場所に風が当たり、急に心もとない感覚に襲われる。だが閉じるわけにもいかず、エヴァは一秒でも早く彼が抱き締めてくれることを願った。

「それじゃ見えないな。まず、足を台に上げて……閉じるんじゃない。そのまま、膝を立てるんだ」

足の裏を台の上に置いた。その格好で膝を立てるということは、アスラーンの前に羞恥の場所を剥き出しにする、ということになる。

閉じそうになると怒鳴られ、エヴァは目を閉じて顔を背けることしかできなかった。

「私に入れて欲しいんだろう？　だったら、その場所を指で開いて見せてみろ。ほら、早くしろ」

「で、できません……そんなこと、わたしには……」

「なら、言うとおりにする女を夜伽に命じるだけだ。これまでご苦労だったな」

冷ややかな声に、エヴァの心臓は跳ね上がった。トクトクトクと息苦しいほど速くなり、身体が冷たくなる。

アスラーンに抱き締めて欲しい。

彼の熱で躰の奥から温めて欲しい。

心の中がその思いでいっぱいになっていく。

「わ……かり、ました」

掠れるような声で答えたあと、エヴァは右手で脚の間に触れた。

そこはオリーヴの油のようなヌメリを帯びた液体で濡れそぼっていた。真ん中あたりに指先を押し当て、少し力を入れる。アスラーンの雄を受け入れる場所、そこはすでに柔らかくほぐれていた。

「そこに――入れて欲しいのか？」

「……は……ぃ」

「聞こえんな。その穴に何を入れて欲しいのか、はっきり言ってみろ」

酷く苛々した声だった。

命じられるままにしているのに、アスラーンはどうしてこんなに不機嫌なのだろう？

エヴァは理不尽なものを感じながら、それでも逆らえずにいた。

「ア、スラーン様の……を、入れて……ください」

「私のなんだ？　聞こえないぞ」

「アス……ラーン様の……」

喉が詰まったような感じがして、その瞬間、エヴァの淡いグリーンの瞳から涙が零れ落ちた。それも、次から次へと止め処《とど》なく溢れてくる。

人を好きになることは、どうしてこんなに切ないのだろう。

アスラーンを好きでいることは、無理なのかもしれない。傍にいることは諦めて、遠くから眺めているだけのほうが、自分の身の程にふさわしいのかもしれない。

それが正しいことのように思え、エヴァは脚を閉じようとした。

だがそのとき、アスラーンのほうから彼女の脚の間に身体を割り込ませてきたのだ。

「馬鹿者め。他の女の心配などするからだ。私は抱きたい女を抱く……今はおまえが欲しい。おまえしかいらない。こんなふうに苛められたくなければ、二度と口にするな」

言いながら、エヴァの唇をすくい上げるように口づけ、そのまま、押し当てた昂りを膣内に沈める。

「あ……ぁっん」

バランスを崩して倒れそうになったエヴァの身体を、アスラーンは手を回して支えてくれた。

大きな身体にすっぽりと抱かれ、内と外から温もりが伝わってくる。エヴァは彼を諦めようとしたことなど、その一瞬で忘れてしまう。

それどころか、もっと深いところまで受け入れたくて、アスラーンの腰に両脚を絡めていた。

「おまえのココは、私の剣を収める鞘のようだ。何度も、何度も貫いてやりたくなる。おまえを……壊してしまうかもしれないな」

それはつい先ほどまでの、冷ややかで心の籠もらない言葉とは違っていた。切ない吐息にまみれたその声は、彼の本心のように聞こえて、エヴァの心を奥底から揺さぶる。

「それでも、いいです……アスラーン、様の……傍に、置いていただけるな、ら」

心と同時に、エヴァは身体も激しく揺さぶられていた。

最奥を灼熱の剣で貫かれ、躰の芯から溶けていくみたいだ。

「傍にいろ。私が生きている限り、誰にもやらない」

アスラーンの声がエヴァの鼓膜を震わせる。

「もし、私が死ぬときは……エヴァ、おまえも道連れだ」

彼女を抱く腕に力が込められた。耳朶に触れていた唇を首筋に押し当てられ、抽送もしだいに速まる。どこまでが自分で、どこからが彼の身体なのか、何もわからなくなるくらいに溶け合っていく。

アスラーンの黒髪の間からキラキラした光が見える。高窓から射し込む日の光に、浴場の天井辺りは光が舞っていた。

気がついたときには台の上に押し倒されていて、彼の言うとおり、何度も何度も貫かれて……。

いつの間にか、エヴァの意識は光の中に溶け込んでいた。

☆　☆　☆

穏やかな日々が終わりを告げたのは、エヴァの予想より早かった。

アスラーン専用の浴場で気を失うまで愛された一週間後、彼は皇帝から呼び出されて帝都に赴《おもむ》いた。

彼はその日のうちにスーレー宮殿まで戻り、深夜にもかかわらずエヴァの部屋を訪れたのだった。

「テティス島の南にあるモノケロース島を知ってるな？」

「はい。たしか……ルザーン帝国と敵対するクセニア帝国の公爵様が治めていた公国があったと思います。でも……」

エヴァの祖国、ティオフィリア王国はクセニア帝国と同盟を結んでいた。

かつては大国と称されたクセニア帝国だが、今はルザーン帝国に押されて〝斜陽の帝国〟と呼ばれている。とくにここ十年ほどの間に、両帝国の間に挟まれた小国は軒並みルザーン帝国に降伏するか滅亡へと追い込まれていた。

ティオフィリア王国にしても同じだ。

十年前、クセニア帝国に助けを求めたが、あっさりと同盟を切られ見捨てられた。あの当時ですら、奪われることがわかっているような小さな島国を助ける余力は残っていなかったと見える。

結局、数年のうちにメソン海に浮かぶ東側の島々は、すべてがルザーン帝国の領土となってしまった。

その島のひとつがモノケロース島のメタッレイア公国である。

「わたしたちの島より大きく、公爵家がクセニア帝国皇帝の血縁ということもあって、本土から援軍を派遣してもらったと聞きました。でも二年くらい前、ルザーンに降伏したのではなかったですか？」

「そうだ。メタッレイア公夫妻と後継ぎの長男はそのときに亡くなり、長男の妻と島民の代表が降伏を受け入れ、島は我が軍の占領下となった。ところが、先日我々が全滅させたはずの騎士団の生き残りがいて、モノケロース島に集結しているとの一報が帝都にもたらされた」

騎士団は教義に基づき独立した組織――のはずだった。

しかしその実情は、クセニア帝国がメソン海における覇権《はけん》を維持するため、利用していた組織だと聞いている。

クセニア帝国は騎士団にあらゆる特権を与えていた。

敵国であるルザーン帝国の支配下にある船なら、軍船や海賊船、奴隷船を問わず、民間の船であっても襲うことが黙認されていたのだ。むろん、敵国の食料や兵力を奪い、味方の奴隷を解放する、という名目はあったが……。

実際のところは海賊たちの略奪行為となんら変わりない。

騎士団はテティス島にもたびたび訪れていた。護衛料と称してティオフィリア国王に金品を要求した上、港付近で狼藉《ろうぜき》を繰り返していたのだ。

港付近の町を代表して司祭が城まで相談に来ていたと思う。

「そんな、あの騎士団が……」

幼かったエヴァにも、騎士団は設立当初の崇高《すうこう》さを失って海賊同然に成り果てた、という人々の噂はしっかりと記憶に残っている。

十年前でその状態だった。さらに状勢が悪くなった今、彼らの意識が向上したとはとうてい思えない。

「モノケロース島の島民たちはどうなったんですか!?」

「さあ、わからんな。ただ、二年前に亡くなったメタッレイア公の後継者を名乗る男を旗印にして、ルザーン帝国に反旗を翻したようだ。騎士団の残党は、モノケロース島に残した我が軍の司令官を人質にして立て籠もったらしい」

「本当ですか？　そうなったら、モノケロース島はまた戦渦《せんか》に巻き込まれてしまうのではありませんか？」

テティス島の場合は、全面降伏したためティオフィリア王国の名は地図上から消え去った。王族の地位も奪われ、両親やマリノスがテティス島に残されたのは、島に閉じ込められていると言ったほうが正しい。彼らが反旗を翻さないよう、オルティアとエヴァが人質として連れて来られたのだ。

その代わり、島民からはひとりの犠牲者も出さず、戦火で一軒の家も、葡萄やオリーヴの畑も焼き払われることがなかったのだから、エヴァは心からよかったと思っている。

だがモノケロース島は違った。

応援がきて、なまじ交戦できてしまったために、島民たちからも甚大な被害が出たはずだ。死者だけでなく、逃げ出そうとした島民たちは片っ端から捕まり、奴隷としてこの国に連れて来られたと聞く。

建物は壊され、果樹園や畑は焼き払われ、それから二年かけて少しずつ島は息を吹き返しつつあるという。

そんなところに騎士団の残党が逃げ込み、新しい公爵を立ててルザーン帝国の海軍と一戦交えたら……。

「あの、旗印というのは？　公爵様の後継者は亡くなられたんでしょう？」

アスラーンはうなずいたが、答えは彼女の想像とは違った。

「七年前、クセニア帝国に加勢して我が軍と戦い、敗れた一団があった。その中に、メタッレイア公の次男がいた。戦死したと言われていたんだが、実は生きていて、騎士団の助けを借り、島に戻ったという話だ」

「本物……でしょうか？」

騎士団に偏見があるせいかもしれない。それでも、エヴァは疑わずにはいられなかった。

そんな彼女の反応をどう思ったのか、アスラーンはフッと自嘲気味に頬を歪めた。

「それを確認するために、メソン海に再度赴くことになった」

「そんなっ!?」

アスラーンは二ヶ月ほど前に戻ったばかりだ。それなのに、また戦場に向かわなくてはならないとは……。

エヴァは不自然な悪意を感じてならない。

「では……また、数ヶ月お会いできないのですね」

「いや、今回の遠征はおまえも連れて行くことにした」

「え？　わたしもご一緒できるのですか!?」

あまりのことに目を見開く。

アスラーンが戦場に女性を伴ったことは一度もない。

将軍とは名ばかりで実戦は部下任せ、前線には立とうとしない司令官もいるという。そういった者は部隊の最後方に本陣を置き、親衛隊に守られて幕舎《ばくしゃ》から出ることもしない。そして女性連れということも珍しくはなかった。

だが、アスラーンは常に最前線に立つ。

エヴァは自分も戦場に出なくてはならないのかと思い、アスラーンの足手まといになることを心配した。

すると、青ざめるエヴァに彼はひと言――。

「前線基地をテティス島に置く。おまえは故郷の島で私の帰りを待てばいい」

「……本当に？」

「ああ、そうだ。オルティアも……島でおまえを待ってる」

テティス島に戻れる。それも、オルティアも一緒に。

エヴァはその言葉に一瞬で心を奪われ、涙を浮かべてうなずいていた。

『出発は三日後だ』

アスラーンはそう言い残して、エヴァの部屋から出て行った。

ジーネットはてっきり同衾《どうきん》するものと思っていたらしく肩すかしを喰らったような顔をしていたが、エヴァから事情を聞くと表情が凍りついた。

翌朝、後宮内は大騒ぎとなる。無事に戻ってきたばかりなのに皇帝も心無いことをする、という怒りの声。エヴァを同行させるということは、いよいよアスラーンに命の危険が迫ってきているのではないか、という不安の声。

　そして一番大きかったのは、

『アスラーン殿下は二度とお戻りにならないつもりに違いないわ。このまま、クセニア帝国に逃げ込まれる計画なのよ。私たちも早く逃げ出す用意をしておかないと』

　若い女官や世話係を中心に広まった声だった。

「エヴァ！　あ、違った、エヴァンテ様」

　後宮の裏庭に作られた四阿《キョシュク》に足を踏み入れたときのこと。そこには、アスラーンから特別に許可をもらって招き入れた少女、ミュゲがいた。

　相変わらず屈託のない笑顔を見せ、エヴァに話しかけてくる。

「久しぶりね、ミュゲ。みんな元気かしら？」

「うん、もちろん！　でも、王女様って聞いてビックリしたわ！　エヴァってホントに綺麗……あ、エヴァンテ様はとっても、お綺麗になっ……なら、おなりにならなら……」

　部屋の隅に控えたジーネットが、先ほどからミュゲの言葉使いに眉をピクピクさせていた。

　ミュゲのほうもジーネットの気配に気づいたらしい。彼女なりに気を遣い、丁寧に話そうとするのだが、どうも上手くいかないようだ。

　そんなふたりの様子を見ていて、エヴァはクスクスと笑った。

「〝エヴァ〟のままでいいのよ。だって、わたしもいまだに慣れなくて、よく叱られるの。でも、ジーネットはとっても優しい人だから、最終的には許してくれるわ」

「エヴァンテ様、いくらお褒めになっても、優しくはいたしませんよ」

と言いながらもスッと立ち上がり、ミュゲとふたりきりにしてくれた。

「うわあ！　エヴァって本当にお妃様になっちゃったんだねぇ〜。すっごーい!!」

ミュゲは髪の色によく似たとび色の瞳を輝かせて言う。

「それに、メソン海遠征にも同行するってホント!?」

「まあ！　そんな噂がもう出ているの？」

極秘事項だと思っていたエヴァは驚きの声を上げる。

「あたしはブラド爺さんに聞いたの。っていうか、厨房だけじゃなく、外廷の衛兵だって知ってたわよ」

「そんなに広がっているのね。ええ、わたしが故郷に戻り、家族と会えるように……アスラーン様がご配慮くださったの。そのために、以前の騎士団との戦いではもっと南に設けた前線基地を、今回はテティス島にしてくださるんだと思うわ」

明日にはスーレー宮殿を出発する。

だが、モノケロース島に遠征する、ということを告げに来た夜以降、エヴァはアスラーンの顔を見ていなかった。後宮にも戻ってきていないため、ミュゲと会う許可もジーネットを通じてもらったくらいだ。

遠征には本来、準備だけで何ヶ月もかかるという。

しかし今回に限っては、反旗を翻したといっても国家を挙げてのものとは思えない。そもそも、メタッレイア公の後継者——次男が生きていたというのも眉唾《まゆつば》ものだ。

さらには騎士団の残党も、仮に司令官を人質にして立て籠もっているとしても、統制の取れた一団とは思えない。

単なる烏合《うごう》の衆なら、アスラーンの敵ではない。

ただ、そのことを確認するためにも時間が必要となる。

これがアスラーンをおびき寄せるための罠であれば、騎士団の残党による小規模の反乱という情報そのものが嘘かもしれなかった。

アスラーンが少数でモノケロース島に乗り込むなり、隠れていたクセニア帝国の艦隊が姿を現し、集中砲火を浴びせてくる可能性がある。そうなれば、いかに〝血に飢えた獅子〟と呼ばれる彼でも、戦いようがないだろう。

エヴァが最悪のケースを想像して顔を曇らせると、心配そうにミュゲが覗き込んできた。

「どうしたの？　生まれ育った島に戻れるのに、嬉しくないの？」

「そんなことはないわ。もちろん、とっても嬉しい。ただ……戦場に近づくことは事実だから」

前線基地をテティス島に置いたために、島が戦渦に巻き込まれたときはどうすればいいのだろう？

自分のためにみんなが危険にさらされてしまうことになる。

そんな心配をする彼女にアスラーンは、

『前線といっても今回はかなり後方だ。それも、テティス島に本陣があると悟られないよう、モノケロース島の偵察は極秘裏に行う。おまえの島を焼け野原にするような真似は絶対にしない。——いいか、テティス島は安全だ』

エヴァのもとから立ち去るとき、そう言って念を押した。

「ねえ、エヴァ。後宮からはたくさんの女官が同行するのかな？　女奴隷もいっぱい連れて行く？」

「それは……」

ミュゲのキラキラした瞳を見て、エヴァは彼女の言いたいことを察した。

きっとミュゲも連れて行って欲しいのだ。だが、どうやらジーネットをはじめとして、世話係のひとりも連れて行けないらしい。

遠征に同行する奴隷は決まっていて、その中には女奴隷もいる。主に兵士たちを慰める役割だが、それ以外の様々な雑用も任せているようだ。そしてテティス島に着けば、エヴァはケラソス修道院に預けられると聞いた。

身の回りの世話は修道女たちがしてくれて、当然だが中には女しかいない。

エヴァは申し訳なく思いつつ、ミュゲに事実を告げる。

「そうなんだ……でも、エヴァがこの子も連れて行きたいっておねだりすれば、聞いてくれないかなぁ」

「ミュゲったら、そんなこと絶対に無理よ。アスラーン様におねだりなんて……」

想像するだけで恐ろしい。

エヴァは苦笑しながら答える。

「そうかなぁ。だって、アスラーン殿下が毎晩夜伽を命じて、片時も離さない寵妃ってエヴァのことなんでしょう？」

「そ、それは……」

アスラーンの寵妃。自分がそんなふうに思われていたことを知り、エヴァは頬が熱くなる。

「そうよ！　エヴァはお気に入りなんだから。もうひとりの妾妃様とはその辺で差をつけてもらわなくっちゃ！」

「もうひとりの……妾妃？」

ミュゲの言葉にトクンと心臓が跳ねた。

「うん、そうよ。あたしが聞いたのは、同行する女性はふたりって話」

☆　☆　☆

「――殿下、アスラーン殿下！」

ゼキの声にハッとする。

「軍艦の配置に関する報告でしたが、もう一度繰り返しますか？」

「いや、報告どおりでいい」

本来外廷で受けるべき報告だが、今回の行動は極秘のため、内廷の私室にゼキを呼びつけていた。

「ようやくご決断いただき、胸のつかえが取れました」

ゼキはアスラーンと同じ年齢なのだが、どこか老成した口を利く。アスラーンも苦労を重ねてきたが、彼の苦労はまた別格だった。

「サバシュを振り切り、後宮に入れたんだ。あとがないことくらい、よくわかっている」

「安心いたしました。このまま、エヴァンテ様が思い出すまで、知らん顔をされるのかと思っておりました」

テティス島に戻れば、すべてが明らかになる。

それはきっと、エヴァの中で生き続けた〝英雄アスラーン〟が死ぬときだ。

ゼキはいくつかの書簡を取り纏めると、抱え上げ、そのまま部屋から出て行こうとした。

「ゼキ――私は、本当におまえを信じてもよいのだな」

彼の指先がピクッと痙攣したように動き、同時に歩みを止めた。

「この私が、殿下に銃口を向けるとでも？」

振り返るなり、ゼキは不敵な笑みを浮かべる。

「私に向けるのはいい。だが、もし私からエヴァを奪おうとしたら……」

「初めに奪ったのは殿下のほうでは？」

「ゼキ！」

アスラーンが声を上げた瞬間、ゼキは書簡を抱えたまま膝を折った。

「失礼いたしました。ご安心くださいませ。アスラーン殿下に銃口を向けましても、エヴァンテ様のことはお守りいたします」

どこまで本気で言っているのかわからない。だが、少なくとも、エヴァを任せられるのはこの男以外にはいない。

「その言葉、忘れるな」

アスラーンは苦々しげに吐き捨てた。

第五章　皇子死す

海風に肌を撫でられた瞬間、懐かしい思いが胸を衝《つ》いた。

ギュライの町を出て軍艦が停泊していた港まで三日もかかった。明るいうちは外を歩くこともできず、暗くなって軍艦に乗せられ、人目を避けるように出航したのだ。その短い時間だけ、かろうじて海風を感じることができた。

エヴァたちが乗せられたのはアスラーンと同じ軍艦だった。乗船以降、それぞれ船室に押し込められたまま、一歩も出ることができない。

(ああ、少しでも早く島に着きたい。お父様もお母様もお元気かしら? お兄様にはお嫁さんがいたりして……。でも、お姉様が後宮から出て来られるなんて、アスラーン様はどんな方法を使ったの?)

期待に胸がいっぱいになり、ろくに眠ることもできなかった。

テティス島は陸《おか》からそう離れていない。午前中には島に着くことができるだろう。

船室の円《まる》い窓に顔を寄せて、かすかに聞こえる波の音に思いを馳せながらエヴァはそんなことを考えていたのだった。

夜が明けると、左隣の壁の向こう側から、子供の泣き声が聞こえてきた。どうやら、そちら側の部屋はアイラとデニスが使っているらしい。

生まれて初めて海を見て、今はその大海原の真ん中にいる。ようやく歩き始めたばかりのデニスにすれば、真っ直ぐ立っていることも難しい船の上など、恐怖以外のなんでもないだろう。

だいぶ長い時間ぐずっていたが、おとなしくなったということは眠ったようだ。

その隙を見計らい、エヴァは左側の壁に近づいてコンコンと叩いた。

「アイラ様、聞こえますか？」

「ええ、聞こえますよ。お隣はエヴァンテ様だったのですね？」

アイラは、うるさくしてごめんなさい、と申し訳なさそうに言う。

ミュゲからアイラも一緒だと聞いたとき、ほんの少しショックを受けていた。女性の同行を決めたのはエヴァをテティス島に連れて行くため。そう思っていたのが、アイラとデニスも同行するとなるとわけが違う。

みんなが言っていたように、アスラーンはルザーン帝国を捨てる覚悟をしたのかもしれない。

アスラーンはエヴァも連れて行ってくれるだろうか？

ひょっとしたら、テティス島にエヴァを残して行くつもりなのかもしれない。だから、オルティアのことを連れ出してくれたのかも……。

「エヴァンテ様、大丈夫ですか？　船に酔われたのかしら？」

黙り込んでしまったエヴァを心配したらしい。

「いえ、大丈夫です。どうもありがとうございます」

アスラーンの軍艦はガレー船だ。最下層にはたくさんの漕ぎ手が乗っていることだろう。甲板には大小の火砲が装備されていた。

だが、これほど大きな船に乗ることは、女の身ではめったにないことだ。エヴァも十年前の一度きりだった。

大きな船ではあるのだが、エヴァには気になることがひとつあった。

騎士団の本拠地を攻撃したときは数百隻《せき》のガレー船で出撃したという。それが今回は十隻も見当たらない。いくら偵察だけとはいえ、少な過ぎるのではないだろうか。

船の数が気になり始めたエヴァに、アイラは話しかけてくる。

「エヴァンテ様はティオフィリア王国の王女様ですものね。島でお育ちになっただけあって、どれだけ揺れても平気なわけですね」

「はい。ひょっとして、アイラ様も島育ちなのですか？」

ふいにピンとくるものがあった。

「……どうして、そう思われるの？」

少し怯えたようなアイラの声に、何かまずいことを聞いてしまったのか、と思った。だが、途中でやめるのも変だ。

「たいしたことではないのですけど。アイラ様の髪の色が、メソン海に浮かぶ島々の人たち特有の色をしていたから。船酔いもしていらっしゃらないみたいだし……変なことを聞いてごめんなさい」

「……」

長い沈黙が返ってきた。

そのことにエヴァが堪えきれなくなり、口を開こうとしたとき、

「わたくしはモノケロース島で生まれたのです。二年と少し前まで、あの島で暮らしていました」

「え？　それでは、メタッレイア公国の？」

「……はい」

エヴァは驚きのあまり黙り込んでしまいそうになる。だが、なんとか勢いをつけて口を開いた。

「反乱のこと……誤報ならいいのに。そうしたら、すぐにモノケロース島に戻れますね。あ、でも、新しいメタッレイア公がいたほうがいいのかしら？　でも、そうなれば……」

アスラーンに国を捨てるつもりがなければ、彼は応援を呼び寄せ、ふたたびモノケロース島に攻め込むだろう。

そのときは、またアイラの島は戦場となる。エヴァがアイラの立場なら、板挟みで身体がふたつに裂かれるほどの苦しみを味わうはずだ。

するとアイラは、エヴァの声音を聞くだけで、苦悩を察してくれたようだった。

「本当にお優しいわ、エヴァンテ様は。わたくし、あなたのことが大好きです。ああ、もっと……そう、いろいろなお話を……したかった。もっと仲良く……なりたかったのに」

アイラは元気よく返そうとしてくれたが、途中から言葉に詰まって涙声になる。

「なりましょうよ！　騎士団の残党なんて、アスラーン様ならすぐにやっつけてくださるわ。ギュライのスーレー宮殿に戻って……また大浴場で寝そべって、一緒に氷菓子を食べましょう」

エヴァだけでなく、アイラとデニスまで連れての遠征。これまでのアスラーンの行動から考えたら、この事態は普通ではない。

（本当に、スーレー宮殿に戻れる日が来るのかしら？）

不安を感じながらも、エヴァはアイラに何か明るい言葉をかけてあげたかった。

すると、ほんの少しだけ落ちついたような声が返ってきた。

「エヴァンテ様……何も申し上げることができないのですが……。でも、ひとつだけ……あなたにだけお教えします。わたくしの本当の名前は、セレーネと申します。覚えておいてくださいますか？」

「セレーネ様……もちろん、絶対に忘れません。教えてくれて、ありがとうございます」

壁にもたれかかり、エヴァは心を込めて伝えた。

向こうから、アイラの啜《すす》り泣く声が聞こえてくる。

アイラはこの反乱騒動の真実を知っているのかもしれない。エヴァはなんとなく、そんな気がしていた。

青い外套で身体を包み込み、テティス島の港に降り立つと、エヴァは急いで周囲を見回した。

（お姉様なら、港まで来てくださっているかも。それか、お兄様なら……）

あのふたりの金色の髪は特別に美しかった。どこにいてもすぐにわかるくらいに。

だが、見渡す限りではその輝く髪の人間はいない。

気落ちしながら辺りをもう一度ゆっくりと見回した。

エヴァの脳裏には、祖国の港はもっと広くて大きな場所として焼きついていた。でも実際は、スーレー宮殿の外廷にスッポリ収まってしまうくらいの広さしかない。至るところに兵士の姿が見え、エヴァの背筋はゾクッとした。

（何？　どうしたというの？）

背後に見える大きな軍艦の影にも、身体が小刻みに震え始める。

エヴァは怖くなり、アスラーンの姿を探した。だが彼は、テティス島の人々に囲まれ、エヴァのことが見える感じではない。

「エヴァンテ様、申し訳ないのですけど、デニス様がぐずってしまって。よろしければ、先に修道院へと向かう輿《こし》に乗せていただいてもよろしいでしょうか？」

アイラに声をかけられ、軍艦や兵士の姿に怯えるデニスの姿を目にした。

(ああ、わたしもデニス様と同じなのだわ)

幼いデニスに我慢をさせて、エヴァのほうが先に逃げ出すことなどできない。彼女はグッと奥歯を噛み締め、笑顔を作った。

「ええ、先に乗ってちょうだい。わたしは大丈夫よ。懐かしい港だから、ゆっくりして行くわ」

だが、ふたつ目の輿が届くまでには少し時間があるようだ。

少し落ちつこうと思い、大きく息を吸った。懐かしい潮の香りに不安はわずかだか解消していく。

(そうよ、不安に思うことなど何もないのに。もうすぐみんなに会える。そのことだけ、考えていれば……)

軍艦を避け、エヴァがもっと海の見える位置まで歩いて行こうとしたとき、ふいに頭上から大きな音が聞こえた。エヴァは声も出せず、ただ首を竦める。

それは鳥の羽ばたきだった。

港近くの町の方角から、海に向かって大量に飛んでいく。

(どうしたっていうの？　鳥なんて、珍しくもなければ恐れる必要もないわ)

そのとき、足下でビシャンと音がした。靴の爪先で水溜まりを踏んでしまったらしい。それに気づいて視線を下に向けると、どうしたことか足下に溜まった水が真っ赤に染まって見えてきた。

「キャッ！」

エヴァは慌てて足を退ける。次の瞬間、聞こえるはずのない怒声と悲鳴がエヴァの頭の中に響き渡った。

得体の知れない恐怖が足下から這い上がってくる感じがする。

エヴァは息が苦しくなり、無意識で何かに摑まろうと手を伸ばした。

（お姉様……どこ？　お兄様は、どうしてここにいないの？　わたしたちを助けに来てくださらないの？）

十年前の記憶と現在が交錯している。

それがわかっているのに、エヴァには自分の頭の中が上手く整理できなかった。

そのとき、突然、真っ赤な水の中に金色の塊が転がって見えた。

（これは、何？　ここで何かあったというの？）

ルザーン帝国の軍艦、大勢の兵士たち、テティス島の港、そして――血塗《ちまみ》れの小刀を握るアスラーン。

エヴァはギュッと自分の身体を抱き締めた。

『あなたは見てはダメよ!!』

オルティアの声が頭の中で響く。エヴァの身体を抱き締める腕……これは、おそらくオルティアなのだろう。

恐怖が全身を包み込み、膝がカタカタと震え始める。

そのまま、座り込んでしまいそうになったとき、背後に誰かが立った。

（アスラーン様！）

振り返った瞬間、エヴァの背筋に緊張が走る。

「エヴァンテ様、いかがなさいましたか？」

そこにいたのは内廷侍従のゼキだった。

「いえ……別に何も」

エヴァは懸命に動揺を抑えた。

ゼキはどうしても苦手だ。そもそも彼には避けられている気がして、エヴァのほうも近寄れずにいた。

「何もないならけっこうです。大事なお身体ですので、充分にお気をつけください」

間近で見たことがなかったので気づかなかったが、彼は不思議な色の瞳をしていた。基本的には緑色だが、見る角度によって濃淡だけでなく色まで変化する。真下から見上げると薄く金色がかって見え、その目はまるで人間ではないみたいだ。

（髪が真っ白だから余計にそう思うんだわ。もともと白なのかしら？）

黙ったまま見上げていると、その視線がふいに下を向いた。

「私の顔がどうかしましたか?」

「いえ……あの……ゼキさんはスーレー宮殿の内廷侍従だったと思うのですが。どうして、前線基地にいらっしゃるのですか?」

「いてはいけませんか?」

「それは……でもこの間、騎士団の本拠地を攻撃したとき、ずっと宮殿にいらしたように思いまして。それなのに、今回はどうして?」

無言で見下ろされたら、わけもなく怖くなる。

そもそも、どうしてエヴァのすぐ近くに来ているのだろうか。ヒューリャ宮殿から戻り、医師の診断を受けたあとの数日間、サバシュはエヴァを見張らせていたようだが、それはこのゼキではないとわかっている。

だが、チャウラがゼキに言い寄られてスーレー宮殿の情報を流していたことは事実。アスラーンが言っていたのだから、間違いはないだろう。

ということは、ゼキがサバシュの命令で動いていることもたしかなはずだ。

エヴァが目を離さずにいると、フッとゼキの表情が緩んだ。

「私もあなたと同じ奴隷です。命令されればどこにでも参ります。だが、命令がなければどこにも行けない」

謎かけのような言葉にエヴァは鼻白《はなじろ》んだ。

「そしてあなたに近づいた最大の理由は――」

「エーヴァー!! 別の船に乗せられて怖かったぁ。でも、メソン海の島なんて初めて！ ホントにありがとうね。エヴァのおかげよ」

ゼキの後ろからヒョコッと現れ、大仰《おおぎょう》な声を上げ抱きついてきたのはミュゲだった。

「ミュゲ!! ああ、そうだったわ。無事に着いてよかったわね」

「ひょっとして、忘れてた？」

口を尖らせるミュゲに、エヴァは必死でそんなことはない、と言って聞かせる。

本当はうっかり忘れていたのだが……。

エヴァがアスラーンに連れられ、スーレー宮殿の後宮から内邸に出たとき、ミュゲが飛び出してきたのだ。そして地面にひれ伏すなり、彼女は泣きながら懇願し始めた。

『お願いです！ アスラーン殿下、どうかあたしも一緒に連れて行ってください。エヴァ……様のためにどんなことでもします。一生懸命に尽くしますから、お願いします!!』

だが、そんな泣き落としがアスラーンに通用するはずもない。

一瞥しただけの彼にエヴァも一緒になって頼んだ。

『アスラーン様……わたしもミュゲがいてくれたほうが心強いです。どうしてもダメでしょうか？』

連れて行ってエヴァの身近に置くのは危険かもしれない。でも、こんな目立つことをしてしまったら、ミュゲは女奴隷の中で孤立するだろう。それに、遠征中のアスラーンに何かあれば、このスーレー宮殿自体も前線と変わらなくなる。

せめて、自分より年下のミュゲひとりくらい、なんとか守ってやりたい。

するとアスラーンはようやく足を止めてくれた。

『私の艦にこれ以上女は乗せない。女奴隷には専用の船がある。船までは奴隷たちの中に混じって歩け』

『それでは、ミュゲが他の女奴隷たちと同じ扱いを受けてしまいます。この子はまだ大人になっていませんのに……』

『今回同行する女奴隷は少数。しかも、そのほとんどが前線基地に置く雑役婦《ざつえきふ》だ。偵察行動が主で長丁場《ながちょうば》にはならない。おまえの考えているような役目の女は不要だ。——嫌なら来なくていい』

最後はミュゲに対する言葉だった。

『いえ、行きます！　ありがとうございます!!』

ミュゲは嬉々として感謝の声を上げた。こうして、彼女はエヴァに同行できることになったのだ。

「私は女奴隷の管理と前線基地の設営を任されております。テティス島に到着しだい、この娘をケラソス修道院に向かわせるよう指示が出ていました。そのため、あなたにお声をかけたのですが、何かご不審な点でも？」

当然のことのように、ゼキはスラスラと答える。

「……いえ、何もないです」

「もうすぐ輿が参ります。夕暮れまでにはアスラーン殿下もケラソス修道院に向かわれるでしょう。それまで、どうぞ心静かにお過ごしくださいｌ」

ゼキはそう言うと、軽く頭を下げアスラーンのほうに歩いて行った。

今の言葉『心静かに』は、エヴァに対する警告なのか。サバシュの命令で彼は何かたくらんでいるのだろうか。

「黙って立ってたらけっこう美形なのになぁ。しゃべると陰湿っていうか、陰険っていうか……とにかく、辛気臭くてやな奴！」

絶対に聞こえないくらいゼキが遠く離れると、とたんにミュゲは彼の悪口を言い始めた。

「でも、ミュゲったら無茶はしないで。宮殿の外でひとりになったら、どんな目に遭うかわからないのよ」

「そんなぁ、大丈夫だって。あたしはけっこう図太いんだから！　あたしより……エヴァのほうが心配。だって、あーんなお城のお姫様なんだもん。ぼんやりしてるわけだ」

ミュゲが島でたったひとつの山を見上げて言った。

中腹には懐かしいテティス城が見える。エヴァが八年の人生を過ごした場所。楽しい思い出がエヴァの脳裏に次々と浮かんでくる。

(あの城に、お父様たちはまだ住んでいらっしゃるのかしら？　ううん、そんなはずはないわね。きっと島民として、町中で暮らしておられるのだわ。ひょっとしたら、お母様やお姉様は修道院にいらっしゃるのかも……早く会いたい)

気を抜くと、ついつい家族のことを思い出してしまう。

「こんなに、凄いお城のお姫様だったんだ。あたしみたいなのが〝エヴァ〟なんて呼んだら、叱られるはずよね」

珍しく落ち込んだ様子のミュゲに、エヴァはクスクス笑いながら言った。

「遠目には大きくて豪華に見えるけど、中身はかなり傷《いた》んでいて雨漏りだってするのよ。小さな島だから島民だって日々の暮らしに精いっぱいだし、国王だからって凄いことはひとつもないわ。お姉様のドレスはお母様のお下がりだったし、わたしのドレスはお姉様の……」

風通しがいいからと麻か綿のドレスをよく着ていた。さらに擦り切れて薄くなっていても、『涼しくなってちょうどいいでしょう？』なんて言葉でごまかされたものだ。

今は金糸の刺繡が施された外套を羽織り、中には絹のドレスを着ている。ルザーン帝国の皇子の妃らしく、と後宮を出るときジーネットに言われ、金細工の髪飾りや土耳古玉《カライス》の連なった耳飾りまでしていた。

あの城で暮らしていたときとは比べものにならないほど贅沢な装い。

エヴァはキュッと唇を嚙み締め、ミュゲのほうを向く。

「そんなことより。ミュゲ、お願いだから二度とこんな無茶はしないで。あなたのことはちゃんとアスラーン様に頼んでいるのだから」

「わかってるって。あ……ほら、輿が来たわよ！」

「ちゃんと約束して。修道院に入ったら、絶対に勝手な真似はしないって。この島には物見遊山で来たのではないの。前線基地が置かれるのよ。下手をすれば、大砲の弾が飛んでくるかもしれないのだから」

ミュゲはとても『わかってる』とは思えない顔で笑う。

「はい、承知いたしました。エヴァ様、さあ、どうぞ！」

そう言って、おおげさな動作でお辞儀し、輿に促すのだった。

人に説教ができるほど立派な人間ではない。だが、自分以上に軽率なミュゲを見ていると、エヴァにはため息をつくことしかできなかった。


ケラソス修道院は、小さな島にしては大きな規模の修道院だった。そのため、島民だけでなく、周囲の島々や両帝国から逃げてきた女性も受け入れている。

港から城に向かう道を進み、山の麓《ふもと》辺りで右手に折れる。森を進んで行くと少し開けた場所に、その五百年の歴史を持つ修道院があった。

周囲はすべて森に囲まれているように見えるが、裏門を抜けてしばらく進むと海が見えてくる。

輿の中からミュゲにその話をすると、『じゃあ泳げますね！』という素晴らしく単純な言葉が返ってきた。

残念ながら、修道院側の海は波も高く、下りて行くには困難な崖《がけ》もある。泳ぐには適していないと伝えると、ミュゲは実にわかりやすく意気消沈した。

『反対側には波も穏やかな浜があるわ。アスラーン様のお許しが出れば、一度くらい海に手足を浸けるくらいはできるかもしれないけど……』

エヴァは可哀想になり、ついそんなふうに答えてしまったのだった。

修道院に入るとひとりの修道女が近づいてきて、修道院長から挨拶をさせてもらいたい旨を伝えられた。エヴァはすぐに祈りを捧げたかったので聖堂で挨拶を受けると申し出る。

エヴァが厳かな気持ちで聖堂の中に足を踏み入れたとき、

「エヴァンテ様!! ああ、神よ感謝いたします。小さい姫様と生きてお会いすることができるとは」

顔を確認する間もなく飛びついてきたひとりの修道女に、力いっぱい抱き締められた。

「あ、あの……」

「まあ、なんということでしょう。申し訳ございません、興奮してしまって。覚えておられませんでしょうか？ お城で侍女頭をさせていただいておりました、ペネロペでございます」

修道院長の証である十字架を首にかけ、黒いヴェールで髪をスッポリと覆った女性は、ポロポロと涙を流しながら微笑んだ。

侍女頭は母より少し年上で、豊かな黒い髪をしていた。城の護衛隊長と若いうちに結婚し、すぐに子供を授かったが……難産の末に生まれた娘は助からなかったという。二度と子供が産めなくなったという侍女頭に、幼いエヴァは言った気がする。

『だったら、わたしが娘になってあげる。お父様にはお兄様が、お母様にはお姉様がいるから大丈夫。わたしでもいいでしょ、ペニー』

色褪《あ》せた思い出が、一瞬で鮮やかな色に塗り替えられる。

「ペネロペって……ペニー？　ペニーなの？」

「はい。ペニーでございます。小さい姫様」

「もう、小さくないわ。ああ……こんなところで会えるなんて。でも、そうね……もう、お城に侍女は必要ないのですものね。そうだ、ジョンは？　おひげの隊長さんにも会えるのかしら？」

エヴァはにわかにはしゃぎ声を出した。

ジョンはペニーの夫だ。大柄で黒いひげを生やしており、エヴァとオルティアは親しみを込めて『おひげの隊長さん』と呼んでいた。

しかしペニーは胸にかけた十字架を握り、首を小さく横に振る。

「そんな……」

ひと言呟き、エヴァは絶句した。

少し考えればわかることだった。ペニーが修道院にいるということは、彼の夫が亡くなったことを意味している、と。

エヴァの胸は悲しみの色に染まる。

「無神経なことを聞いてしまって、ごめんなさい」

ペニーに抱きつき、彼女をいたわるように優しく背中をさすった。

「いいえ。姫様が謝らないでくださいませ。ジョンは……私の夫は護衛隊長として誇りを持って死んでいきました」

十字架を握り締めたまま、ペニーは言う。

エヴァとオルティアが連れて行かれたあと、この島も何もなかったというわけではなさそうだ。とたんに、父たちのことが心配になるが、真っ先にそのことを口にするのは躊躇われた。

「ティオフィリア王国を滅ぼしてしまったルザーン帝国のこと、ペニーは恨んでいるわよね？　アスラーン様のことも。でも、テティス島を戦場にしたくなかったの。それはきっと、お父様も同じだったと思うわ。だから、わたし……」

「わかっておりますとも、姫様」

ペニーは優しい笑顔を浮かべたまま、エヴァの手を引いた。ペニーにつられて、エヴァも椅子に腰を下ろす。

「ご安心ください。誰もアスラーン殿下を恨んでなどおりません。むしろ、感謝しております」

「か、ん……しゃ？」

「はい。国王様との約束を守り、こうして小さい姫様をお守りくださった。この島のこともそうです。姫様のおっしゃるとおり、ひとつ間違えればモノケロース島と同じことになっていたのですから」

そう言うとペニーは祭壇に向かって両手を組んだ。

メタッレイア公は自らが生き残る道を求め、島民を盾にしてまで抗戦した。アスラーンはメタッレイア公にも何度となく降伏勧告をしたという。それに応じると見せかけ、アスラーンを騙し討ちにしようとしたこともあったようだ。

結果的に、アスラーンもメタッレイア公の首を取るまで島を攻めるしかなかった。

モノケロース島から逃げ出し、テティス島までたどり着いた女性の中には、公爵の宮殿に勤めていた女性がいた。彼女は、公爵の卑怯な行いのせいでルザーン海軍を怒らせてしまったのだと、ペニーに告白したという。

「そうだったの。でも、それでは今回のことは……」

モノケロース島が壊滅的な打撃を受けたのであれば、騎士団の残党が逃げ込んだとしても、隠れ住むのがせいぜいではないだろうか。

もし裏にクセニア帝国がいるのであれば、モノケロース島を選ぶ意味がない。もっと彼らの本土に近い島を選んだほうが、同じアスラーンを狙うのでも有利に事を運べるはずだ。

アスラーンに危険は及ばない。

ホッと胸を撫で下ろしたとき、ペニーの独り言のような呟きが耳に届いた。

「十年ぶりにご一家がお揃いになって……本当によかった」

その言葉にエヴァもやっと家族のことを口にする。

「ええ、わたしも楽しみにしていたのよ。お父様やお母様はお元気かしら？　お兄様も素敵になられたでしょうね。それに、お姉様とお会いできるのも十年ぶりなのよ」

エヴァが微笑みながら告げたとき――ペニーの笑顔が凍りついた。

☆　☆　☆

修道院の裏門まで、ペニーが付き添ってくれたような気がする。そこまで、エヴァの瞳には何も映らず、耳には何も聞こえてはこなかった。

崖の上に出る林を抜ける道が鬱蒼《うっそう》とした森のように思える。エヴァを迷わせ、閉じ込めてしまう深い森。一本道なのに、その道さえも見えなくなってしまいそうだ。

エヴァは口の中で家族の名前を呟きながら、ほんの数分で林の道を通り抜ける。

そして次の瞬間、彼女の視界は一気に開けた。

青い海を臨む見晴らしのいい場所にたどり着く。そこに、エヴァの父と母、兄のマリノス、姉のオルティアがいた。

静かに佇む四つの墓碑《ぼひ》――それが、エヴァの愛する家族たちだった。

十年前、父は国民のため、降伏を受け入れようとしていた。

ただその条件として、ふたりの王女を母方の出身である北方の国に戻れるよう、追放してくれと頼んだという。

だが、それを却下したのがアスラーンだった。

父は配下に命じてアスラーン以下、テティス城にいた帝国の兵士たちを捕らえようとした。彼らは抵抗して、父と母を斬ったという。

兄のマリノスと城の兵士たちは、アスラーン以外の帝国兵士全員を斬り殺した。

そんな中、アスラーンがマリノスを取り押さえた。さらには軍艦に待機していたはずのルザーン帝国の兵士数百人がテティス城になだれ込んだことで、城の兵士たちは諦めて投降したのである。

そのときのエヴァは、オルティアに頬を打たれて呆然とした状態だった。

ルザーン帝国の兵士がテティス城に乗り込んできて、そのままオルティアとともに縄で縛られ、第一皇子の軍艦に乗せられた。

城を去るとき、城壁に吊された遺体が父と母であることには気づかなかった。きちんと別れを告げられなかったことが、今のエヴァには悔やまれてならない。

軍艦が接岸された港に、兄もロープで縛られ連れて来られていた。

その場にはもちろんアスラーンもいた。

『マリノス王子とふたりの王女を連れて参りました。上の王女はすでに大人の女、年齢からいって、帝位に近いサバシュ殿下の後宮に入れるのが筋でしょう。下の王女はぜひ、私にいただけましたら……』

サバシュの顔に見覚えがあったはずだ。エヴァはこのとき、サバシュに会っていたのだから。

『ふーん。まあ、抱くこともできん小娘なんぞいらんが。だが……次の帝位は私だと言っているように聞こえるぞ、アスラーン』

冷酷なまなざしをエヴァたちに向けながら、サバシュはアスラーンに声をかけた。

『はい、そう申しております。私には欲しいものができました。それを与えていただけるなら、兄上を守るために身命を賭《と》す所存にございます』

『帝位以外ならくれてやろう。だが、その証を見せてもらおうか。アスラーン——ティオフィリアの王子を、おまえの手で始末しろ』

恐ろしい命令を受け、アスラーンは小刀に手をかけた。

『御意』

オルティアは『命ばかりはお助けください！』何度も何度も、そう叫んでいた。

だが、エヴァは声が出せない。

アスラーンは言ったのだ『何人も救う余力はない』と。それを、『ひとりなんて、選べない』と言い、駄々をこねたのはエヴァだった。

誰かひとりを選んでいれば、こんなことにはならなかったのではないか。

父や母が死んだのはエヴァのせいかもしれない。

そして、ここで兄がアスラーンに殺されるのも……。

船の手すりは高く、背の低いエヴァには板の隙間から覗くことくらいしかできない。アスラーンの振り上げた小刀が、朝日を受けて煌めいた。

刹那――オルティアの悲鳴が甲板に轟《とどろ》き、真っ赤な血溜まりに金色の〝何か〟が転がった。それは、母や姉の金髪と同じ色合いの〝何か〟。

『見てはダメ！　エヴァ、目を閉じなさい。あなたは見てはダメよ!!』

オルティアは両手首を縛られたまま、信じられない力で小さなエヴァを抱き締めた。

だが、エヴァは見てしまった。

太陽のようなマリノスの髪の色によく似た〝何か〟を。


欠けていた記憶が一瞬のうちに埋まっていく。

『ああ、なんてこと！　姫様がまだご存じなかったとは……』

ペニーは顔を覆うと椅子から滑り落ちた。エヴァに頭を下げるように、石畳の冷たい床に座り込む。

『どうして……どうして、そんなことに……どうして……』

テティス島やオルティアのことを口にするたび、アスラーンは苦しそうだった。彼のことを信じていた。彼の言葉も、何もかも、与えられるすべてを信じて、この十年間を過ごしてきたのだ。

でも、すべてが嘘だった。

国が滅んだと同時に両親は死に、兄のマリノスはアスラーン自身の手で命を奪われ、そして、オルティアも亡くなっていた。

エヴァの記憶が途切れているのをいいことに、アスラーンは彼女を宮殿から出さず、さらには後宮にまで閉じ込めようとした。

(これが理由だったの？　わたしに、ティオフィリアの元王女であることを隠させたことも。皇太子様の後宮に入ることを阻止したのも……すべて)

エヴァは信じ続けた世界のすべてが崩れ落ち、正気を失ってしまいそうだった。

『姫様……どうか、アスラーン殿下をお責めにならないでくださいませ。お責めになるなら、迂闊にも口を滑らせてしまったこの私を……』

ペニーは懸命にアスラーンを庇う。それはエヴァの目には異様に映った。

アスラーンは国王一家を殺害し、ペニーの夫をも殺した憎い仇ではないのだろうか。

いや、最初にアスラーンを庇ったのはエヴァだ。彼を憎まないで欲しかったからだが、真実を知っていたら、庇ったかどうかはわからない。

『ペニーを責める気はないわ。アスラーン様のことも……ずっと信じてきたから……わたしにとって英雄で、神様のような方だと思ってきたから……でも……でも……』

アスラーンの本心はなんだったのだろう？

どんな理由で彼は嘘をつき、エヴァを騙し続けていたのか。

そして、ペニーはそんなアスラーンの何を知っていて、ここまで庇うのだろう。

『それは……ただ、オルティア様の希望と聞いております。亡くなられる直前のオルティア様との約束、とも』

亡くなる直前のオルティアとの約束——それはアスラーンがサバシュの後宮にいたオルティアと会っていたことを意味していた。


「ただいま……帰りました。お父様、お母様、お兄様……そして、お姉様。みんな、元気で暮らしているのだとばかり思っていたのよ。それなのに……お姉様はわたしより早く、ここに戻って来られていたなんて……」

エヴァはそっと手を伸ばし、墓碑に触れた。

ふいに視界が歪み、流れ落ちる涙で頬がこそばゆい。拭うこともできず、ただ、立ち尽くすだけになる。

そのとき、海から強い風が吹きつけた。

エヴァの華奢な身体は傾き、羽織っただけの外套を剝ぎ取っていく。外套は強風に引っ張られるように高く舞い上がり、崖の下に飛び込んでいった。

外套がなくなり、エヴァが着ているのはルザーン帝国のドレス一枚だけになる。肘を隠す程度の袖、大きめの襟には遠い国で織られたレースが使われ、銀糸の刺繍が施された珊瑚《さんご》の色をしたドレスだった。スカート部分がひらひらと風に靡き、ふくらはぎまで露わになる。

ここが後宮の庭なら、『はしたない』と女官長のジーネットが大騒ぎするだろう。

だが、今のエヴァにはどうでもいいことだった。

『おまえの家族は十年間、変わることなく島にいる。オルティアも、おまえの身を案じていたと、報告があった。おまえが無事で幸福なら、どんなことでもするそうだ』

アスラーンはたしかにそう答えた。

ずっと嘘をつきとおすつもりだったのだろうか？　それならどうして、エヴァをテティス島に連れてきたりしたのだろう。

しかも、ケラソス修道院に連れてくれれば、城の侍女頭をしていたペニーと再会するのはわかっていたはずだ。あらかじめ口止めしていてもよさそうなものである。

ペニーもエヴァと同じように考えたからこそ、迂闊な言葉を口にした。

十年前のことを知っていてこの島に来たのだろう、と。

「……アスラーン様の口から、聞きたかった……」

エヴァは風の音に消えてしまいそうなほど、小さな声で呟く。

そのとき、カサッと草を踏む足音が聞こえた。

「言えるわけがない。――十年前の私には、おまえとオルティアを奴隷として生かすだけで精いっぱいだった、など」

「アスラーン様……」

いつの間にか、アスラーンがエヴァのすぐ後ろに立っていた。

彼は港で見たときと同じ、紺の地に金の刺繍で彩られた立派なカフタンを着ている。その一方で、中にはなんの変哲もない白の上衣を着込み、脚衣の腰帯にはいつもの小刀が差してあった。

その表情はかつてないほどに憔悴《しょうすい》していて、決してエヴァと視線を合わせようとしない。

彼がここにいるということは、ペニーから話を聞いたのだろう。

「わたしが……あのときのことを忘れてしまっていたから……だからですか？」

アスラーンのことを責めたくない。

エヴァを助けてくれたのは事実なのだから。でも、抑えきれない思いが溢れ出す。

「お父様やお母様を殺したの？　わたしたちの目の前でお兄様の首を落としたのもあなた？」

「……おまえの思い出したとおりだ」

突き放すような言い方にエヴァは声を荒らげた。

「どうして？　どうしてなの？　何もかも偽って……みんな生きているなんて！　どうし

てそんな嘘をついたんですか⁉」

「何も覚えてないおまえに、家族はもう死んだとは言えなかった。だが、生きていると言った覚えはない。島で待ってると、そう伝えただけだ」

カッとしてアスラーンのほうに詰め寄った。

「そんな……わたしが、ただ勝手に……勘違いしていた、だけというの？」

彼の顔が涙で滲んでいく。

全身全霊で信じていた。アスラーンの言葉であれば、間違いはない、と。不安になったときも、信じてついて行けば必ず守ってくれるはず。そう思って、十年間生きてきたのだ。

エヴァはハッとしてアスラーンを見上げた。

「わたし……わたしは、両親の……お兄様の仇に身を委ねてしまったの？」

そんな男性を愛して、心も身体もすべてを捧げてしまった。

何も覚えていなかったから――それで許されることではない。エヴァは大切な家族を裏切ってしまったのだ。

エヴァの脳裏にマリノスの最期の瞬間が浮かび上がる。何度も何度も、金色の丸い塊が血溜まりの中を転がり……やがて、エヴァのほうに正面を向いたその顔は……。

口元を押さえ、エヴァはよろけるように数歩後退した。

（お、にいさ……ま、ごめん……なさ、い。わたしを、許して……）

心臓が破裂しそうなほど激しい鼓動を打ち、こめかみが酷く痛んだ。エヴァは立っていることもできず、崩れ落ちそうになる。

そんな彼女の身体をアスラーンが抱き留めようとするが、

「触らないでください！」

エヴァは震える手で、彼の手を払った。

そのまま、ふらふらと柔らかな草の上に座り込み、焦点の定まらない瞳でアスラーンを見上げて尋ねる。

「お姉様はいつ？」

彼の表情は翳って見えた。でも、エヴァにはその表情に隠された本心など見通せるはずもない。

「……六年前だ」

「そんなに早く!? 信じられません。たしかに……わたしに比べたら身体の弱い方でした。でも、命にかかわるような持病があったわけでもないのに……どうして？」

オルティアの死が最近でなかったことに、エヴァは激しい衝撃を受けていた。

自分はもう長い間、家族のひとりもいない天涯孤独の身であったのだ。

アスラーンは彼女と距離を取ると、ぽつりぽつりと話し始めた。

「サバシュの後宮に入って三年が経ち、彼女は十七のときに奴の子を身籠もった。だが――」

サバシュはオルティアを後宮に入れてしばらくの間、可憐で繊細な彼女を寵愛していた。だが懐妊がわかり、体調を崩したとたん興味を示さなくなったという。

結局、オルティアは三ヶ月で流産した。

「問題はそのあとだ。オルティアは回復せず、容態は悪化の一途をたどった。そして冬になり、ヒューリャ宮殿の後宮に潜り込ませた女官から、オルティアがその冬を越せそうにないと連絡があったんだ」

アスラーンの言葉にエヴァはふらりと立ち上がり、彼に詰め寄った。

「だったら、どうしてそのときに教えてくれなかったのです!? せめて、ひと目だけでもお姉様にお会いしたかった！」

「どうやって？　ヒューリャ宮殿の後宮に忍び込んで行ったとでも言うのか!?」

エヴァは答えられなかった。

行けるはずがない。仮に行ったとしても、わずか十二歳の子供に何ができると言うのだ。テティス城ならアスラーンの部屋まで忍び込めたが、ヒューリャ宮殿はわけが違う。それくらいのことはエヴァにもわかった。

「おまえをヒューリャ宮殿の後宮に忍び込ませるなんて、無理な話だ。だから――オルティアのほうに出て来てもらおうとした」

「出て来るなんて、そんなこと……それこそ無理な話です。皇太子様が承諾してくださるとは思えません。第一、お姉様はもう動けなかったのでしょう？　余計に簡単なことではそんな、ない……わ、え？　まさか!?」

（ひょっとして……誰かを忍び込ませて、お姉様を誘拐しようとした、とか？　そんな、恐ろしいことだわ）

　ばれたら忍び込んだ人間は間違いなく処刑される。命じたアスラーンもただでは済まないだろう。

　エヴァはあり得ない妄想だと言葉を呑み込む。

　彼女の考えに気づいたのだろうか、アスラーンは口を閉ざしたまま、墓碑に近づこうとした。と、そのとき、先ほどと変わらない強風がふたりを襲った。

　エヴァは手でスカートを押さえようとしたが、逆に足元がふらつき、風に飛ばされそうになる。

　そんな彼女を包み込むようにアスラーンは抱き締めた。

　今度は撥《は》ね退《の》ける余裕もなく、エヴァは抱かれるままになってしまう。

　海から襲いかかる風を、すべて自分の身体で受け止めてくれている。そっと見上げると、彼の瞳はエヴァを心から愛おしむように見下ろしていた。

　思わず、心が揺らいでしまいそうになる。

　エヴァの月の物の始まりを一年も騙していたと怒ったが、彼は十年もエヴァを騙し続けていたのだ。

（ダメ……ダメよ、お兄様を……わたしたちの目の前で殺した人なのよ）

「信じません！　そんなこと……もう、言わないで。お願いだから、これ以上……わたしを混乱させないで……」

アスラーンに引きずられそうになる心を、エヴァは必死に引き止める。

そのとき、彼の唇が開き、思いがけない言葉が吐き出された。

「聞きたくなければ聞くな。だが、オルティアが拒否したんだ。――私は逃げない、と」

捕虜となり奴隷の身分に落とされたが、それでもティオフィリア王国の王女として死にたい。逃げ出したら自分の名前を捨てることになる。下手をすれば、アスラーンも皇子の身分を捨てて逃げることになるし、そうなればエヴァを守る者がいなくなる。

オルティアは決してアスラーンの手を取ろうとはしなかった。

だがアスラーンの思いも強く、『エヴァと交わした約束を守らなくてはならない』そう言って粘《ねば》ったらしい。

すると、オルティアは代わりの約束を口にした。

『では、約束してください……私の命と引き換えに、エヴァを守ってくださると。私は一生懸命、人に優しくしようと思って頑張ってきました。でも、あの子は自然に優しくできる、とても真っ直ぐな子なのです。だから、アスラーン殿下……あなたはこんなところで捕まってはダメよ』

数ヶ月以内には死ぬとわかっている自分のために、アスラーンやエヴァを危険に晒すわけにはいかないと突っぱねたのである。

「アスラーンさ、ま……まさか、ご自分で……ヒューリャ宮殿の後宮に？」

事態の恐ろしさにエヴァの声は震えていた。

見つかれば、その場で殺されて当然の罪だ。

「どうして、そんな危険なことを？」

「決まっている。おまえとの約束を守るためだ」

アスラーンはエヴァを抱き締める腕の力をいっそう強めながら答える。

「──サバシュの妾妃にさせられたとはいえ、時期がくれば取り戻せると考えていた。居場所がわからないより、後宮のほうがいっそ安全だ、とも。だが、違ったんだ」

彼の声がどんどん小さくなっていく。

エヴァは不吉なものを感じながら、それでも問わずにはいられなかった。

「それは……お姉様の死は、偶然ではないということですか？」

「殺された疑いがあった。だが、証拠もなければ、調べようもない」

「どうして、どうしてそんな……」

オルティアは平然と人を傷つける人間ではない。人に恨まれることなどするはずがないのだ。

「サバシュの後宮では珍しいことでもないらしい。……これも、あとでわかったことだがな」

悲しみに暮れるエヴァに、アスラーンは意外なことを言った。

「オルティアが死に、サバシュはおまえに目をつけた」

アスラーンの言葉にドキッとする。

六年前、サバシュはエヴァを自分の宮殿に移し、月の物がきたら後宮に入れると言い始めた。それはオルティアの死がきっかけだったことを、エヴァは初めて知った。

「ヒューリャ宮殿におまえをやれば、殺される可能性が高い。なんとしても、手放すわけにはいかなかった——」

エヴァをすぐに引き渡さないための交換条件として、『サバシュが即位した後、アスラーンは皇子の身分を捨て臣下に下る』という誓約書を交わした。そして『エヴァが大人の女になりしだいサバシュの後宮に移す』というところまでサバシュに譲歩させたという。

「命を懸けたオルティアとの約束だ。それを守らないことには、私の命は価値を失う。〝血に飢えた獅子〟と呼ばれてまで、生き延びた意味もなくなる。だが……」

血を吐くようなアスラーンの言葉だった。

エヴァは涙がポロポロ流れてきて、止めることができない。

「じゃ……ここに、テ……ティス島、に……連れて、来て、くれたの……は」

嗚咽《おえつ》に言葉が途切れ途切れになりながら、必死に尋ねた。

「おまえの記憶喪失だが、最初は幼いゆえに混乱しているだけだと思っていた。でも、おまえはしだいに私を英雄のように称え始め……話さなければならない真実がたくさんあったが、言えなくなった」

「……ア、スラーンさ、ま……」

「この遠征は、おまえも気づいているとと思うが、大勢の人間にとって特別なものだ。だから、ここに連れて来た」

すべてを思い出さないまでも、エヴァは真実を知ることになる。それは同時に、アスラーンが彼女についた嘘も明らかになることを意味していた。

そのとき、エヴァはアスラーンが口にしたことを思い出す。格子越し、美しい満月を見た夜――エヴァを激しく抱きながら、泣いているような声で名前を呼んでくれた夜のこと。

『おまえの国を滅亡に巻き込んだのはこの私だ。私を殺すために、サバシュが皇帝を動かし、ティオフィリア王国に攻め込もうとした』

あの言葉は真実だったのだろうか？

あのときはアスラーン自身も窮地に追い込まれていて、とても誰かを助けられる状況ではなかったとしたら……。

（わたしはまだ、彼のことを信じたいの？）

エヴァは自分の思いに愕然《がくぜん》としていた。

アスラーンはエヴァの髪に手を触れ、風に乱れた前髪を優しく撫でる。

「どんな結果になっても心残りはない。私は私にやれるだけのことはやった。だが、たったひとつ、おまえの願いを叶えてやれなかったことが悔やまれてならない。……エヴァ、だから代わりに叶えたいことを言ってくれ」

「叶えたい……こと？」

アスラーンの声には後悔の色があった。

だがこのときのエヴァは、彼の思いを素直に受け入れることができずにいた。

「なんでもいい。今度こそ、命に代えても叶えてやる」

十年前は心に浮かぶままに答えた。

大帝国の将来は皇帝になる皇子様なら叶わないことはないだろう、という幼い考えだった。

そして今、エヴァが叶えたいこととは――。

「わたしの願いは一緒です。この島で、家族みんなで幸せに暮らしたかった。平和に、穏やかに、それだけだったのに……」

だがそれはもう、二度と望めない夢――エヴァはアスラーンを思いきり突き放した。

「だから、もういいです。もう……あなたといると、苦しいの……」

それは、彼女にできる精いっぱいの拒絶。

そのとき、シュッと風を切る音が聞こえ、エヴァの眼前を矢が横切った。


「……きゃ」

「叫ぶのはあとにしろ！」

悲鳴を上げようとしたエヴァの腕を摑み、近くの岩場に向かって走った。彼女を背中に庇い、岩陰に身を隠しつつ、アスラーンは右手で小刀を抜く。

ふたたび——シュッ、シュッと続けて聞こえた。

アスラーンの右手が素早く動き、二本の矢は見事、地面に叩き落とされていた。

「さすが、アスラーン殿下だ。もう少し人数を揃えて来るべきだったと、反省しておりますよ」

ふたりの射手を引き連れ、現れたのはゼキだった。真っ白な髪を風に靡かせ、その顔には薄笑いが浮かんでいる。

ゼキはやはりサバシュの手先だったのだ。あまりにも想像したとおりで、エヴァは言葉も出てこない。

「やはり、こう来たか。おまえがここにいる、ということは——おまえを見張らせていた私の部下は、ひと足先に天国《ジェンネト》へ旅立ったということか？」

「いいえ、あなたの先触れなら、行き先は地獄《シュ・デュンヤー》でしょう」

人の命にかかわることだ。それなのに、アスラーンとゼキの会話は信じられないほど冷たく感じる。

「そのふたりの射手は、ヒューリャ宮殿で見かけたことがあるな」

「私を警戒してか、あなたが与えてくださった部下は、すべてあなたの首輪がついておりましたからね。ヒューリャ宮殿からお借りしたのですよ。それから、こういった品も貸していただきました」

ゼキの手には最新式のマスケット銃が握られている。

「エヴァ、岩の反対側に回って隠れていろ」

アスラーンは掠れた声でエヴァに命じる。

「でも……アスラーン様は……」

「いいから、決して顔を出すな！」

彼は後ろ手にエヴァの腕を摑んだ。

エヴァは引きずられるようにして、岩の反対側に押しやられる。

三度《みたび》、放たれた矢を叩き落としながら、アスラーンはエヴァから離れるように崖まで走っていく。

ふたりの射手は腰に差した小刀を抜き、アスラーンに襲いかかった。

恐ろしくて目を閉じてしまいたい。エヴァはそう思いながらも、アスラーンから目を逸らすことができなかった。

最初、一方的に押されているように見えたアスラーンだったが、ふたりの男がエヴァから充分に離れたとたん、攻めに転じた。ひとりめの男の背後を取り、一瞬でその動きを封じる。男は両膝の筋を切断され、悲鳴を上げて地面に倒れ込んだ。

ふたりめの男は味方がやられて怯んだらしく、見てわかるほど攻撃の手が緩んだ。

もちろん、それを見逃すアスラーンではない。ふたりめの男の腕を瞬時に切り裂き、そのまま蹴り倒す。

エヴァはそんな彼の姿に唖然としつつ、見惚れていた。

（お強いって聞いていたけど、でも、これほどまでなんて）

そのとき、目の端で何かが動いた。

ハッとして視線を向けると、ゼキがアスラーンに向けてマスケット銃の狙いを定めていたのだ。

「アスラーン様、危ない!!」

エヴァは声を限りに叫ぶ。

直後、アスラーンはふたりめの男が手放した小刀を拾い上げ、ゼキに向かって投げた。

小刀はゼキの頬を掠め、同時に銃口から火花が散る。

弾はアスラーンの足下の岩を砕いた。

エヴァがホッと息を吐いたとき、アスラーンの身体がぐらりと傾いだ。

「――っ!!」

瞬刻――崖の先端が崩れ落ち、アスラーンの姿が消えた。

エヴァは自分の目を疑う。

「う……そ、ですよね？　アスラーンさ、ま……アスラーン様……アスラーン様ーっ!!」

ふたたび激しい風が海から吹き始め――エヴァの絶叫が崖の上にこだました。

「いや……いやぁ！　アスラーン様っ」

エヴァがアスラーンの消えた場所に向かって走り出す。

だが、背後から腕を摑まれ、引き止められた。

「この崖の高さをお忘れですか、エヴァンテ姫。もう、彼の名を呼んでも無駄です」

「ゼキ……さん。どうして？　どうしてこんなことを……。なぜ皇太子様の味方になるのです？　どうして、アスラーン様を殺さなくてはならないの!?　教えてください!!」

摑まれていない腕でゼキの胸を叩きながら叫ぶ。

「――生きるためです」

「自分が生きるためなら、人を殺してもかまわないと言うの？　それが正しいことだと、あなたは思っているのですか!?」

「いいえ。ですが、強い者しか生き残れず、生き残った者が正しくなる。アスラーン殿下もそれをよくわかっておられました。だからこそ、覚悟を決めて、この島にあなたを同行されたのです」

ゼキはどこか遠い目をして呟いた。

彼が言ったことの半分もわからない。だが前半だけなら、わかるような気がした。

十年前、オルティアとエヴァを生かすため、そして何より、島と島に住む人々を守るために、父は一国の王として命を差し出した。父たちの死はアスラーンのせいではなく、それが王族としての務めなのだろう。

それはティオフィリア王国が弱小国で、ルザーン帝国が最強の国だったせいだ。

強い国に負けた。そして、勝った国の言い分が正義となる。

悔しいけれど、それが現実。

エヴァは奥歯を噛み締め、ゼキを正面から見据えた。

「でしたら、わたしのことも……殺してください」

彼女の決意を知ったのか、ようやくゼキの目の色が変わる。

「残念ながら、それはできません」

「どうしてですか？　わたしの命などどうなってもかまわないでしょう？　それなら、アスラーン様と一緒に逝《い》かせてください！」

なおも言い募ろうとしたとき――。

「相変わらず、お馬鹿さんだねぇ。エヴァ、おまえに死なれたら困るんだよ。皇太子が欲しがってるんだからさ」

林のほうから現れたのは、チャウラだった。

彼女は官能的な肉体を惜しみなく晒している。肩は剝き出しで、胸の谷間をギリギリまで見せたクセニア帝国風の豪奢なドレスを着ていた。外套を羽織ることもなく、その顔には勝ち誇ったような笑みが浮かんでいる。

「チャウラさん？　あなたが、どうしてここに？」

ミュゲから、チャウラはヒューリャ宮殿の女奴隷長になったのではないか、と聞いていた。

だが、エヴァが呼びかけた直後、彼女の顔から笑みが消えた。

「どうして？　おまえが憎かったからに決まってるじゃないか。おまえのせいでスーレー宮殿を追い出されたんだからね！」

それはエヴァが悪いわけではなく、アスラーンを罠に嵌めようとしたチャウラの責任ではないだろうか。

もちろん、肌の色だけで不当に扱われてきたのは気の毒だと思う。だが、気の毒なのは彼女だけではない。女奴隷たちの誰もが、同じと言えば同じようなものだ。

エヴァが何も答えられずにいると、チャウラはかまわず話し続ける。

「でも、ゼキ様があたしを王宮に入れてくださったのさ。ごらんよ、この衣装！　上手くやれば、後宮にも入れてもらえるんだよ。これに乗らない手はないさ！」

「上手く……それは、いったい？」

ようよう尋ねるとチャウラはニヤッと笑った。

「アスラーンを始末して、おまえを皇太子のもとに連れて行くのさ。アスラーンは死んで当然だと思わないかい？　おまえのような元王女ってだけの小娘ばかりかまって、あたしを無視した罰だよ！」

「そんなこと、アスラーン様の命を狙う理由にはなりません！　チャウラさんの身の上には同情いたします。でも、だからと言って」

エヴァが言い返したとたん、チャウラの形相が変わった。

「うるさいんだよ！　この世はね、強い者しか生き残れないんだ！」

チャウラの言葉は胸に重くのしかかる。

そのことは、ほんの少し前に嫌というほど思い知ったばかりだ。

「アスラーンが死んじまったんなら、結局、それだけの男だったってことさ。このゼキ様には敵わないってこと」

エヴァが黙り込むと、チャウラは声高にゼキを称賛し始める。

ゼキは皇太子とアスラーンの間を上手く取り成し、粗野《そや》で短気な皇太子にアスラーンを殺させないようにした。その上で、戦術に長《た》けたアスラーンを使い、領土を可能な限り広げさせていたのだという。

最後に、メソン海の邪魔者だった騎士団を掃討させ、アスラーンはお役御免となった。

チャウラの話を聞き、エヴァはゼキという男が空恐《そらおそ》ろしくなった。

自分は危険な場所にも行かず、ふたりの皇子を動かすことで、すべてを手の内に収めようとしている。

「じゃあ……皇太子様のご命令でアスラーン様を狙ったのではないの？」

震える声でエヴァは尋ねる。

答えを返したのはゼキだった。

「とんでもない。すべて皇太子殿下のご命令ですよ。第一、私はただの奴隷でございます。ですが、アスラーン殿下はなかなかお利口《りこう》な方でした。私ごときの策略では上手く踊ってくださらない。その点、皇太子殿下は愉快なまでに踊ってくださる」

この男には人間の感情がないのかもしれない。

エヴァは少しでもゼキから離れようとしたが、彼のほうが決して離れようとしなかった。

「チャウラさん、簡単に人を殺せる男を信用していいのですか？　それこそ、邪魔になったらあなたのことも殺してしまうかもしれないわ」

必死に言うが、チャウラは呵々《かか》と笑い始める。

「だからどうしたって言うんだい！　おまえの大好きなアスラーンも、何人も殺してきてるじゃないか。おまえの家族だって、あの男が殺したんじゃないのかい？」

反論できず、エヴァは唇を嚙み締めた。

「それに、あたしは皇帝陛下にお仕えするだけさ。おまえは頑張って、せいぜい皇太子を満足させるんだね。そうしたら、なるべく早くアスラーンのもとに送ってもらえるよ」

もはや何を言っても無駄のように思える。

一刻も早く、アスラーンを助けに行かなくてはならないのに。海風はしだいに激しくなり、崖の上は立っているのもつらくなる。

「テティス城で皇太子殿下がお待ちです。同行していただきますよ、エヴァンテ姫」

少しでも抵抗しようと近くの岩に摑まるが、

「逆らうなら、担ぎ上げて行くことになります」

どんな抵抗も無駄に思え、エヴァは仕方なく歩き始める。

だが、どうしてもひとつだけ確認しておきたいことがあった。

「アイラ様は……彼女とデニス様はどうするつもりなの？　わたしはおとなしくどこにでも行きます。だから、お願い……ふたりには手を出さないでください！」

アスラーンにとって大切な家族だ。

それにデニスのことを息子とは認めておらず、彼に皇子の地位はない。皇帝の地位を脅かす者ではないのだから、見逃してくれてもいいはずだった。

だが、最後の希望に縋るエヴァを、ゼキは無情にも突き放す。

「ええ、そうですね。もう、手を出すことはできません。おふたりはすでに、天国に到着されたことでしょう」

「……え!?」

ふたりを乗せた輿は、修道院ではなく海へと向かった。輿は筏《いかだ》に移され、そのまま沖へと流された。筏を縛った紐には切れ目が入れられていて、サバシュの部下たちが見る前で、輿は海に沈んでいったという。

「なんてこと……どうして、そんな酷いことができるの!?　あんなに小さな子供まで……」

絶望がエヴァの心を真っ暗にした。

☆　☆　☆

城壁のあちこちにはヒビが入り、石畳はガタガタと揺れる。同じ年月が経過している修道院より傷みが激しいのは、代々の城主が居城の補修を後回しにしてきたからだった。

そして、エヴァが最後に見たのは血に染まったテティス城。

十年の月日でどれほどまで寂れてしまっただろうか。鬱々たる気持ちで城内に足を踏み入れたが、そこは意外にも見栄えよく調えられていた。

ペニーは何も言わなかったが、きっと彼女たちが寄付を募り、この城を維持してくれていたのだろう。

他には考えられず、エヴァは十年前と変わりない城内に目を見張った。

(昔より綺麗になったみたい。帰ってくるかどうかわからない、わたしのためにしてくれたことなの？)

ありがたさと申し訳なさで、胸がいっぱいになる。

城内を進み、大広間の扉が開けられた。大広間の正面には玉座がある。そこにはいつも、焦げ茶色の髪をした父が国王として座っていた。

だが、今そこに座っている人物は——。

「ずいぶん遅かったではないか。この私を、こんな場所でいつまで待たせる気だ！」

尊大な態度で足を組み、エヴァたちを迎えたのはサバシュであった。人払いをしているのだろうか、大広間にいるのは彼だけだ。

「――ゼキ、首尾は？　アスラーンがどうなったのか、早く報告しろ！」

名前を呼ばれ、ゼキは一歩前に出た。

「お借りした部下がふたり、深手を負いました。しかし、その甲斐《かい》あってアスラーン殿下を修道院裏の崖から落とすことができました。今、他の者を下に向かわせ、遺体を探させております」

エヴァは『遺体』という言葉に心臓が止まる思いがした。

「海に落ちて、泳いで逃げたということはなかろうな？」

サバシュの声はどこかビクビクしている。

彼がアスラーンを恐れていることは明らかだった。

「海面まではいささか距離があります。それは、翼を持たぬアスラーン殿下には届かぬ距離。真下の岩場に叩きつけられては〝血に飢えた獅子〟といえども命はございません。ただ、最後の確認まで気を抜かぬようになさってください」

控え目な口調で指示を出すゼキに、サバシュはわざとらしく胸を張って言う。

「当然だ。あれの息子とやらの始末も終わったな？」

「仰せのままに」

次の瞬間、エヴァは堪えきれずに叫んでいた。

「どうしてこんな酷いことができるのです？　アスラーン様はあなたの血を分けた弟ではありませんか!?」

途端にサバシュの表情が変わる。彼は目を剝き、頰を歪ませて、エヴァに向かって狂乱の声を上げた。

「あれを弟と思ったことは一度もない!! 本来なら十年前に死んでいたはずなのだ、この城で！ それを、あのときは私の部下だけが死体となって帰ってきた。結局、降伏を受け入れることになり、たいした戦果も挙げられずじまいだ。まったく、ここで何があったというんだ!?」

父の提示した降伏の条件をアスラーンが受け入れず、城内で戦闘が始まったと聞いた。アスラーンたちに両親が殺され、エヴァたちも捕まったのだ、と。

（ここで何があったの？ アスラーン様はお父様と……そう、何かの約束をしたとペニーが言っていたじゃない。それはいったいなんだったの？）

エヴァはその内容を聞いてなかったことに後悔しそうになるが……。

（いいえ、後悔するのはまだ早いわ）

アスラーンが戻ってきたら聞けばいい。アスラーンに翼はないけれど、彼ならきっと生きている。

十年間、アスラーンはエヴァを守ってくれた。

『……おまえの思い出したとおりだ』

そんな言葉じゃなく。十年前の真実は、彼の口から聞かせて欲しい。それがどんな内容でも、アスラーンの言葉なら信じる。

（ごめんなさい……お父様、でも、わたしはアスラーン様を信じたい）

『これ以上……混乱させないで……』

『もう……あなたといると、苦しいの……』

あの崖の上で、エヴァはアスラーンにそんな言葉をぶつけてしまった。

どれだけ責められてもいい。たとえ、嫌われていてもかまわないから、生きて帰ってきて欲しい。

アスラーンの無事をひたすら祈っていたとき、彼女の目の前に誰かが立った。

「あれに穢された身体とはいえ、ずいぶん初々しい色香を漂わせているではないか……ん？」

サバシュの好色そうな視線に気づき、ハッとして胸元を押さえる。外套が風に飛ばされたままということを忘れていた。

「まあ、よい。この城は無人とは思えぬほど、寝室もきちんと整えられている。アスラーンの遺体を見つけしだい、おまえは未亡人だ。すぐさま、可愛がってやるからな」

サバシュの指先が頬に触れた。

ススッと指先でなぞられ、エヴァは全身に鳥肌が立つ。

「触らないで……ください。わたしは……まだ、アスラーン様の妻です」

震える声で、それでもキッパリと言いきりサバシュを睨んだ。

「こ、皇太子殿下に……お、お聞き、したいことがあります」

「小娘の分際で、ずいぶんと勇ましいことだな」

エヴァは大きく深呼吸して、ひと息に言った。

「わたしの姉、オルティアのことです。姉は……皇太子殿下の後宮で亡くなったと、聞きました。殺されたという話も……。本当、でしょうか？」

オルティアの名前を聞いた瞬間、サバシュの頬が憎々しげに歪んで見えた。

そこにゼキが口を挟む。

「皇太子殿下、この者はアスラーン殿下の生死がはっきりするまで、どこかに閉じ込めておくほうがよろしいかと思われます」

エヴァはゼキがこの話題を避けようとしていると思った。

「お待ちください！　彼は……そちらに控えるチャウラさんまで利用して、皇太子殿下を騙そうとしています。それでも、この男を信用されますか？」

アスラーンを撃ったゼキが許せない。そんな気持ちもあったように思う。それ以上に、力ある者の言いなりになるのが嫌だった。

「ちょっと！　何を言い出すんだい！」

「チャウラさんも騙されているのよ。目を覚まして！」

エヴァの言葉にチャウラはむきになって叫び始める。

「馬鹿言うんじゃないよ。あたしはね、ずーっと前からヒューリャ宮殿の女官長に、いろんな情報を流してきたんだ。最初から皇太子殿下のお味方ですから。誰が負けるとわかってるアスラーンの味方なんかするもんか！」

チャウラの言葉を聞くなり、サバシュは愉快そうに笑い始めた。

それにはエヴァも驚いたが、チャウラも目を丸くしている。

「そういえば、オルティアがどうとか言っていたな。返事をやろう」

サバシュは笑みを浮かべたまま、腰帯に差した小刀を抜く。銀色の刃がぎらりと光り、エヴァは息を呑んだ。

しかしその刃は、チャウラのほうに向けられる。

「女――ご苦労であった」

次の瞬間、銀の光は弧を描き、チャウラの胸に吸い込まれていった。目を限界まで見開き、声を上げる間もなく絶命する。

「ぃ……や……ぁ」

エヴァは目の前で起こった光景に、喉の奥が潰された感じがした。悲鳴を上げたいのにまともな声が出てこない。

「わかったか？　邪魔者はすべて始末する。とくに、女の替えはいくらでもいるのだ。ゼキがこの女を誘惑したのも、すべて私の命令だ。殺されたくなければ、妙な考えは起こさず、ゼキのように従え。いいな、エヴァンテ！」

サバシュは片手に血塗れの小刀を握ったまま、エヴァに近づいた。チラチラと刃を見せつけ、恐怖に震えるエヴァの身体を力尽くで抱き寄せる。

灰色の瞳が鈍い光を放ち、端正な顔立ちがいっそう狂気を増して見えた。

「オルティアも気品があって美しい娘だったが、おまえのほうが生気に満ちて瑞々しいな。アスラーンに手ほどきされた性技の数々、存分に楽しませてもらおうか」

オルティアの名前が出たことで、エヴァの中にほんの少し力が生まれる。

「お姉様を……殺したのも、あなたですか？」

「さて、どうだったかな？　壊れた道具は捨てるまでだ。だが、おまえはなかなか丈夫そうだな」

クックッと笑うサバシュの顔に、エヴァは耐えがたい怒りが込み上げる。

我慢は限界を超え、力任せに振り払うなり、サバシュの頬を思いきり叩いていた。

チャウラは『アスラーンも、何人も殺してきてる』と言った。だが、彼はチャウラがサバシュの回し者だと知っていても、殺すようなことはしなかった。ゼキのことも同じだ。死体運搬車を動かしているといっても、実際にアスラーンが後宮の女を殺すところを見たという人間はいない。

アスラーンとこの連中は同じではない。

この城で起こったことにしても、きっと理由がある。

そしてそれはペニーをはじめ、多くの島民が知っていることなのだ。だからこそ、アスラーンはこの島の人々に恨まれてはいない。

「十年前、テティス城にやって来たのがあなたなら、わたしは絶対に助けを求めたりしなかったでしょう。わたしたちは誰も、あなたのために生きている道具ではありません！」

そう叫んだ瞬間、エヴァは片頬に衝撃を受ける。

「貴様…！　この私に手を上げるとは。すぐさま殺してやる！」

サバシュの手で殴打されたエヴァは床に倒れ込んだ。男の力で殴られたのは初めてのこと。目の前で火花が散り、口の中に血の味が広がる。

しかし、エヴァは負けじとサバシュを睨みつけた。

「あなたに穢されるくらいなら、アスラーン様に抱かれた身体のままで死なせてください！　アイラと、あんなに小さなデニスまで殺すなんて、あなたは最低です！」

見る間にサバシュの顔は真っ赤になり、憤怒の形相でエヴァを怒鳴りつけた。

「いいだろう。ならば、貴様を心ゆくまで凌辱してから、奴隷たちの中に投げ入れてやる。女に飢えた奴らはさぞや喜ぶだろう。その身体からアスラーンの痕跡をすべて消し去ってやるぞ！」

「きゃあっ！」

サバシュはエヴァの髪を摑んで立たせると、ドレスの襟に小刀の切っ先を引っかけた。奇妙な笑い声を上げながら、そのまま切り裂いていく。

純白の双丘が露わになり、髪から手を離すと柔らかな胸を鷲摑みにした。

「や……いや、やめ……て」

いやらしい手で胸をまさぐられ、身を捩って逃れようとする。だが、赤く染まった刃が今にも柔肌に吸い込まれそうになり……。

「いやぁーっ！」

エヴァの叫び声が大広間に轟く。

だがそのとき、小刀を握るサバシュの腕をゼキが掴んだ。

「なぜ止める!?　貴様も殺されたいかっ!!」

ゼキは薄い色の瞳でエヴァをみつめている。

その瞬間——エヴァはゼキの瞳の中に、懐かしい色を思い出していた。

「………足音が、聞こえます。何かあったのではないでしょうか？」

冷静さを失っていない調子でゼキは答える。

直後、ゼキの部下たちが大広間に駆け込んできた。

「ゼキ様！　アスラーン殿下の遺体を発見しました！」

彼らは、エヴァが必死の思いで奮い立たせた負けん気を一瞬で打ち砕く。

そしてサバシュは——エヴァの胸元に小刀を突きつけたまま、気が狂ったように笑い始めた。

「皇太子殿下、その娘の処遇はさておき、まずはアスラーン殿下の遺体をご確認願います」

このときほど、ゼキの声を耳障りに感じたことはない。わずかに感じた懐かしさなど、一瞬で消え失せていた。

「確認だと？　あれの死に顔など見るのも御免だ。おまえが行ってくればよかろう」

「よろしいのですか？　万にひとつ、私があなたに嘘の報告をしたら……。取り返しのつかないことになると思うのですが」

ゼキはサバシュの信頼を喜ぶでもなし、逆に挑発するような口ぶりだ。

サバシュは仕方なさそうにエヴァから手を放す。

エヴァは膝から床に崩れ落ちていく。無意識で裂かれた襟を掻き寄せるが、そこからは心が凍りついたように動かない。

「身の程知らずな小娘は地下牢にでも入れておけ。さて、アスラーンの死に顔に小便でもかけてやるとしよう」

サバシュの高笑いが右から左へと流れていくだけだった。

第六章　永遠の支配者

薄暗く湿った空気がエヴァの胸を重くする。彼女はこの日初めて、テティス城の地下牢が、本来の用途で使われていることを、身を持って知った。

かつては、この島で地下牢に入れられるような人間はおらず、小さいころのエヴァはかくれんぼのときに忍び込んだりしていた。

エヴァをここまで連れて来たのはゼキだった。

彼は上衣を脱ぐと、エヴァの肩にかけた。その、似つかわしくない優しい仕草にエヴァは戸惑う。

『呆れた方ですね。チャウラが殺されるのを目の当たりにしながら、皇太子に手を上げるとは』

『……』

『言っておきますが、自ら命を絶とうとはなさいませんよう』

ガチャンと大きな音がして、鉄格子が閉じられた。

今のエヴァにできることは、その鉄格子越しにゼキを睨むことだけだ。

『皇太子様に穢されてから死ねと言うのですか？』

『そうではありません』

ゼキは困った顔をしながら首を横に振る。

あらゆる命を思う様に支配している。サバシュは神に選ばれた勝者で、まるで、この世の支配者のようだ。せめてひとりくらい、サバシュの思いどおりにいかない人間がいてもいいのではないか。

そんな思いに駆られ、エヴァは鉄格子に飛びついた。

『わかりました。わたしのことはあなたたちの思うようにすればいいわ。その代わり、アスラーン様に会わせてください！』

ゼキが息を呑むのがわかる。

彼の部下はアスラーンの遺体を発見したと言ったのだ。

この島で生まれ育ったエヴァには、アスラーンが落ちた崖の高さくらいわかっている。あの場所から落ちた人間がどうなるのかも、家族や教育係に何度となく教えられ、注意されてきたことだった。でも、アスラーンならば、きっと——。

『どれほど傷ついていてもかまいません。自分の目でたしかめるまで、アスラーン様が死んだなんて……わたしは絶対に信じません！』

ゼキがエヴァの願いを聞く理由はない。

わかっていても、言わずにはいられなかった。

だが——ゼキは大きく息を吐くと、降参といった素振りをした。

『アスラーン殿下に会わせればいいのですね？　仮に、どんな姿になっていても、生死も問わない、と』

『え……ええ、会わせてくれるのですか？』

『はい。その代わり、ここでおとなしく待っていてください。くれぐれも、命を粗末にならないように。よろしいですね』

ゼキはくどいくらいに念を押して、地下牢をあとにしたのだった。


地下牢には窓がなく、外の景色を見ることができない。そのため、しだいに時間の感覚があやふやになってくる。

何時間も経った気がする。だが、まだ数分しか経っていない気もした。

ボンヤリと床に座り込んだまま、エヴァはふと気づくとアスラーンが崖から落ちた瞬間を繰り返し思い出していた。

「……アスラーン様……」

声にした瞬間、涙が溢れてきた。

次から次へと込み上げてきて、自分では止めることができない。

（あのときが永遠のお別れになってしまうなんて、そんなのは嫌……どうして『あなたといると、苦しい』なんて言ってしまったの？）

家族と引き離されたエヴァにとって、アスラーンがすべてだった。

この十年間、欠けた記憶を積極的に取り戻そうとしなかったのも、本当は思い出したくない気持ちが強かったのかもしれない。

アスラーンはエヴァとの約束を守るため、ヒューリャ宮殿の後宮まで忍び込み、オルティアを助け出そうとしてくれたのだ。彼がそう言ったのだから、嘘ではないと信じている。

そして、エヴァが大人の女になるのを待って、アスラーンの妾妃にしてくれた。

サバシュからエヴァを守るために。

そして、新しく交わしたオルティアとの約束のために。

アスラーンに会いたい。会って、心から感謝の気持ちを伝えたい。生涯変わらぬ、愛と信頼を捧げると、アスラーンに誓いたいのに……。

だが、アイラとデニスのことはどう伝えればいいのだろう？

ふたりのことを思い出すと、デニスの『ヴァー』と呼ぶ声が耳の中で響いた。あの軍艦の中では泣き声しか聞くことができなかった。アイラもそうだ。あのとき、テティス島の港で交わした会話が最後になるなんて。

エヴァは時間が経つごとに、不安になってくる。

ふと気づくと、ゼキがかけてくれた上衣を力いっぱい握り締めていた。

ゼキの言葉を信用して、ここでジッとしているのは間違いなのではないだろうか。アスラーンに会わせてくれるというのは嘘で、サバシュが戻るまでの時間稼ぎかもしれないのだ。

ゼキは不思議な男だ。

自分と関係のあったチャウラのことはあっさり見殺しにしながら、サバシュがエヴァのドレスを切り裂き始めたときは止めてくれた。

足音が聞こえたからとゼキは言ったが、彼の部下が大広間に駆け込んでくるまで、それなりの時間があった。とても、足音が理由とは思えない。

彼は額面どおりの冷酷無比な男ではないのだろうか？

だが、アスラーンを崖から落としたのはゼキなのだ。

そして……エヴァの胸にふたたび、アスラーンが落ちた瞬間が甦る。

「アスラーン様……」

エヴァは手の甲で頬を拭うと、覚悟を決めて立ち上がった。

鉄格子の扉に近づき、持ち上げるようにガクガクと揺する。すると、扉は錆《さ》びついた音を立てながら外に向かって開いたのだった。

（修理されていなくてよかった）

鉄格子の扉はエヴァが小さなころから壊れたままだった。閉じ込める罪人もいないため、父は修理する必要を感じていなかったのだろう。

エヴァはホッと息を吐きながら、牢の外に一歩出る。

ゼキはここで待てと言っていたが、彼がサバシュの味方なら、待っていてもいいことはひとつもない。きっとアスラーンは生きている。彼を助けたい。

（なんとしても、アスラーン様のお傍に行かなくては……)

エヴァは細工が施してある石段の一番下の石を、ゆっくり力を込めて動かした。

☆　☆　☆

朽ちかけた木の扉を開くと、外はもう暗くなっていた。

そこは厩だった。今は一頭の馬もおらず、ただの小屋と言ったほうがいいのかもしれない。

長閑《のどか》な国の王城とはいえ、抜け道のひとつくらいはある。それは地下牢から城門近くの厩に繋がる秘密の通路だった。城を乗っ取られ、地下牢に閉じ込められたとき、即座に馬で逃げ出せるようになっていた。

今回は徒歩になるが、王族しか知らない崖下までの道を通れば、誰にも見つからずに城から逃げられる。

エヴァはそう思って薄暗い庭を、幼いころの記憶を頼りに秘密の道に向かおうとした。

そのとき、背後に人の気配を感じ……ハッとして振り返ると、そこにいたのは思いがけない人物だった。

「おい、小娘。貴様……地下牢から逃げ出したのか？」

「あ、あなたは……」

サバシュがそこに立っていた。

それも尋常な姿ではない。服はずぶぬれで、豪華なカフタンはどこかで脱いでしまったようだ。あちこちに傷があり、深手も負っているらしく、肩で息をしている。何より、血走った目が恐ろしかった。

エヴァは足がふらつき、二歩、三歩と後退するが、サバシュも同じだけ迫って来た。

「近寄らないでください」

「やかましい！　よくも……よくも、私を嵌めてくれたな……この、私を」

彼の手には刃が剝き出しの小刀が握られていた。

城の大広間でチャウラを斬った小刀だ。今も赤く染まっているが、まさかあのときの血は残ってはいないだろう。ということは、彼はまた別の誰かを斬ったに違いない。

「アスラーン様はどうなったのですか？　皇太子様はどうしてここに……」

「うるさい！　どいつも、こいつも、この私が偽者だと!?　アスラーンだけは生かしておくものか……いや、ゼキの奴も同様だ！　よくも私を騙しおって」

エヴァにはサバシュが何を言っているのかわからない。だが、サバシュの怒りが頂点に達し、目の前にいる人間すべてを殺そうとしていることはわかった。

（逃げなければ……生かしておかないということは、きっとアスラーン様は生きておられるのだわ）

にわかに勇気が湧いて、エヴァは身を翻した。そのまま懸命に、秘密の道があるはずの方向に向かって走った。

だが――。

「逃がすか！」

ドレスの裾が踏まれ、後ろに引っ張られた。

「きゃあっ！」

転びそうになるのを、その場に座り込み、地面に手をついて身体を支えた。

だが、エヴァの目の前にサバシュが立った。彼は血に染まった小刀を振り上げ、エヴァを見下ろしている。

刹那――サバシュの背後から駆け寄る足音が聞こえた。

「サバシュ！　エヴァから離れろ！」

その声を聞いた瞬間、エヴァの鼓動は跳ね上がった。

耳に届いた声は、彼女が無事を願い、心から待ち望んでいた人。必ず生きている、必ず会える。そう信じていた大切な人の声に間違いない。

「アスラーン様!?」

エヴァはアスラーンの姿を見ようとした。

しかし、サバシュはほんの一瞬の隙も見せず、彼女を睨み続けている。

「殺す、殺す、この娘だけは、絶対に殺してやるぞーっ！」

このままでは殺されてしまう。

アスラーンは生きていてくれたのに、自分がここで殺されるわけにはいかない。彼が守り続けてくれた命。両親が、マリノスが、そして、オルティアが――自らの命と引き換えにエヴァの無事を願ってくれた。

なんとかサバシュの気を逸らし、立ち上がって逃げなければならない。

エヴァはゼキが肩にかけてくれた上衣を脱ぎ、サバシュに向かって投げつけた。

「うわっ！」

そんなことで倒せるわけがない。だが、目潰しくらいにはなるはず。

エヴァは立ち上がり、サバシュの横をすり抜けるようにしてアスラーンに向かって走った。

「アスラーン様ーっ！」

後ろからサバシュの迫ってくる気配がする。

「来い、エヴァ！」

次の瞬間、エヴァが伸ばした手をアスラーンが摑み、強い力で引っ張った。小柄なエヴァは足先が宙に浮いたようになり、アスラーンの胸に抱き留められていた。

そのすぐ後ろで、鋭い刃が空を切る音が聞こえる。

「怪我はないか!?」

「は、はい、大丈夫です」

アスラーンはエヴァを抱き締めたまま、サバシュに向かって立つ。

「サバシュ、もう諦めろ。おまえの負けだ」

すると、サバシュは心が壊れたように笑い始めた。

「馬鹿を言うな。おまえは丸腰ではないか。ふたりとも殺してやる。私は本物の皇太子だ。次の皇帝はこの私以外にはおらぬ！」

そう叫ぶと、サバシュは小刀を振り上げ襲いかかってきた。

アスラーンはエヴァを抱いたまま、微動だにしない。エヴァは彼の胸に抱きつき、生きていることを喜ぶ間もなく、ギュッと目を閉じた。

そのとき、夕闇を裂くような銃声が響き渡った。

それは、一発の銃弾がサバシュの身体に撃ち込まれた音。エヴァが目指した秘密の道の方からマスケット銃を手にゼキが歩いてくる。銃口からは白い煙が出ていた。

驚くエヴァの頭上から、落ちついたアスラーンの声が降ってきた。

「ずいぶん早かったな、ゼキ」

「少し待ってくだされば、城内への近道を案内します、と申し上げましたのに。逃げ出したこの男を、そのまま追いかけてしまわれるから……」

それは、これまでのゼキとはまるで印象の違う声だった。どこか懐かしくて聞き覚えのある声——だが、思い出せない。

呆然としているエヴァの前で、ゼキはサバシュの手から小刀を蹴り飛ばした。

「貴……様、よくも、私を……」

「生きておられて何よりです。あなたには数々の恨みがありますので、簡単に殺しませんよ。皇太子の名を騙る偽者として、処刑台に送り込んで差し上げましょう」

城門のほうから、わらわらと兵士たちがやって来る。

エヴァは、サバシュの兵かと思い身構えたが、すぐに違うとわかる。

「アスラーン殿下、ご無事で何よりでございます」

兵士たちは口々にアスラーンの名前を呼び、頭を下げた。

「サバシュ皇太子の偽者はゼキが捕らえた。処刑の日時が決まるまで、死なないように扱え」

アスラーンの横を、サバシュは引きずられるようにして連行された。

エヴァの目の前でチャウラを殺し、オルティアのことも『壊れた道具』と口にした男。

十年前もアスラーンにマリノスを殺せと命じた男だ。

エヴァはただ悲しくて、アスラーンの上衣をギュッと摑んだ。

「これですべてが終わった」

深い感慨が込められた言葉に、エヴァもうなずいた。

ただ、ここに至るまでの経過がエヴァには全然わからない。いったい何がどうなってこういう結末になっているのか、尋ねたいことはたくさんあるが……。

「ア、スラーン様が……生きていて、よかった……本当に、よか……」

エヴァの返事が途切れたのは、アスラーンに唇を押し当てられたせいだった。

そっと目を閉じ、彼の温もりを唇で受け止める。掌をアスラーンの胸に押し当て、しだいに速まる鼓動を感じていた。

口づけが深くなったとき、「あっ……痛ぅ」エヴァは小さく声を上げる。

アスラーンはハッとした様子で唇を離した。

「血の味がする。まさか、奴はおまえを殴ったのか⁉」

突如として、殺気立った気配を漂わせる。

「わ……わたしのほうが先に叩いてしまったのです。だから、それをお怒りになって……あ、きゃっ」

ふたりの身体が離れ、暗がりに白く慎ましやかな胸が浮かび上がる。

「それも……奴の仕業か？」

「こ、これは……ドレスを裂かれただけで……」

アスラーンは無残にも切り裂かれたドレスを凝視している。

「答えろ、エヴァ。それは、ゼキの目の前でやられたのか？」

「は、はい。そう……ですけど」

羽織っていたカフタンを脱ぎ、アスラーンはエヴァの身体をしっかりと包み込む。そして、そのまま横抱きにした。

「ゼキ！　おまえがついていながら、なんというザマだ！　奴がエヴァを傷つけるのを黙って見ていたのか!?」

アスラーンはゼキに殴りかからんばかりの怒声をぶつける。

ゼキのほうは平身低頭かと思いきや、表情を曇らせながらも、アスラーンに正面から対峙していた。

「黙って見ているはずがないでしょう？　ですが、あの男を逃せばあなたは正当な手段で後継者になれない。そのための十年を、ここまできて無駄にはできません」

「わかっている。おまえの協力には感謝している。だが、エヴァは別だ！　エヴァを失えばすべてが茶番に終わる。おまえも同じだろうに」

アスラーンの言葉にゼキは目を伏せた。

なぜかわからないが、ふたりの間には不思議な絆を感じさせる。アスラーンに抱かれたまま、エヴァはそんなことを考えていた。

☆　☆　☆

エヴァはそれから、テティス城のかつて自分が過ごした部屋に戻された。そこは十年前と変わらぬ温かさでエヴァの帰りを待っていてくれた。

アスラーンはこの部屋にエヴァを連れて来るなり、何も言わずにいなくなってしまった。そんな彼と入れ替わりにやって来たのがペニーだ。

「ああ、よかった。姫様がご無事で……」

彼女は泣きながら十年前の真実を教えてくれた。

サバシュが彼の母親とともに立てた計画とは、自身の部下にアスラーンを殺害させ、その罪をティオフィリア王国に押しつけることだった。

「降伏と交戦のどちらを選んでも、第二皇子を殺された報復という名目で、この島を攻撃するつもりだったのですね」

「はい。ですから、国王ご夫妻はご自身の命と引き換えに、アスラーン様を生かす選択をされたのです——」

敗戦国において、国王と王子たちが助命される可能性は限りなくゼロに近い。王妃はルザーン帝国皇帝の後宮に入れられ、生かされることもあるが……エヴァの母は、国王と連れ添う道を選んだという。

「テティス島を焼け野原にせず、島民たちからはひとりの犠牲者も出したくない。そのために、命を差し出すことが不可避なら……アスラーン様がサバシュ様を裏切ったように見せず、皇帝に対しても手柄となるような死に方を選ぶ、と」

父と母はアスラーンたちに殺されたわけではなく、覚悟の自害だった。その死を、アスラーンが生き残るため、果てはふたりの王女のために、最大限利用するよう言い含めての自害。

アスラーン殺害のために送られたサバシュの部下は、アスラーンとマリノスで掃討したという。

「お父様は、島民たちとわたしたち姉妹の未来を、アスラーン様に託されたのですね」

「はい。必ずやルザーン帝国の皇帝となり、この島とふたりの姫君を守ります――アスラーン殿下はそう誓われました。皇太子に疑われないようにと、我が夫も犠牲者のひとりとなりました」

ペニーも王妃とともに逝こうとしたらしい。だが、それは王妃に止められた。

「姫様たちのために、生き残って欲しいと。いつか、この島に戻ってきたとき、自分の代わりに迎えてやって欲しい、そう言われました。ですが……」

「ありがとう、ペニー。生きていてくれて本当によかった」

ふたりは泣きながら、母と娘のように抱き合ったのだった。


ペニーに手伝ってもらい、エヴァは新しいドレスに着替えることにした。

クローゼットに用意されたドレスは、十年前とは比べものにならないほど豪華な品ばかりだ。それを揃えてくれたのはアスラーンだと聞き、エヴァは驚いた。しかも、この城を補修していつでも住めるようにしてくれたのも、全部アスラーンによるものだった。

エヴァはクローゼットの中から琥珀色に艶めく絹のドレスを選んだ。この島の気候に合わせてくれたらしく、軽くて歩きやすい上に袖も短めだ。

着替えが終わったころ、扉がコンコンと叩かれた。

「失礼いたします。エヴァンテ様、アスラーン殿下が客用の離れでお待ちです」

彼女を呼びにきたのはゼキだった。

サバシュは、アスラーンの遺体が発見された――はずの場所で、第二皇子殺害未遂の現行犯として逮捕された。

それも〝サバシュ皇太子〟を名乗る偽者として。

今回の反乱の首謀者をアスラーンに仕立て上げ、混乱に乗じて殺害しようと計画。それを自らの手柄にするつもりで、サバシュは極秘裏にヒューリャ宮殿から一歩も出ていない、と

だが、万が一計画が失敗したときは、自分はヒューリャ宮殿を抜け出してきた。

言い張る必要がある。そのため、公式にはサバシュはここにいないはずの人間なのだ。

当然、部下は必要最小限しか同行していない。その中で彼が最も頼りにしていた部下がゼキだった。

まさか、そのゼキがアスラーンの忠実な配下であったとは知る由もない。

アスラーンに同行していた大宰相から、この男は本物の皇太子ではない、と断定され、

サバシュは兵を振り切って逃げ出した。

　どうやら、アスラーンに対抗するため、彼の弱点とも言えるエヴァを捕まえようと城の地下牢を目指したようだ。ところが、地下牢まで行く前にエヴァと遭遇してしまった。

「あれほど、ここでおとなしく待っていてください、とお願いしましたのに。まさか、抜け道を使って脱出なさるとは……」

「申し訳……ありません」

　離れに行くまでの間に、ゼキはいろいろ説明してくれた。

　彼はその昔、アスラーンに命を救われたのだという。それ以来、アスラーンを帝位に就けるため力を尽くしてきた。

　そして今回のことは、〝皇太子に第二皇子殺害を計画させるための計画〟だった。

　騎士団の残党もいなければ、モノケロース島の司令官が人質に、という話も嘘。メタッレイア公の次男はやはり戦死に間違いないという。

「どうしてそんな嘘を作り上げたのですか？」

「サバシュをおびき出すためです。あの男は粗野で短気に見せていましたが、中身はただの臆病者で自分より弱い者をいたぶることしかできません。アスラーン殿下に対しても、表立っては子供の嫌がらせ程度しかしてこないのですよ……」

　だが、裏ではサバシュの母親が亡くなったあとも、執拗にアスラーンの命を狙い続けていたという。

帝都やギュライの町にいるときは狙いにくい。そのため、狙われるのは戦場が多かった。さらにはアスラーンの名誉を汚すことにも余念がなく、無抵抗の女子供まで殺しているという噂は、サバシュが流したものだ。

そんなサバシュを帝国宰相たちも次代皇帝の器ではない、と考えていた。

しかし、サバシュは皇帝の支持を受けている。皇帝の名誉に傷をつけないためには、サバシュ自らが皇太子の地位を降りる必要がある。それは、アスラーンによって引きずり下ろされるのではダメなのだ。

「だから、皇太子様ご自身がここに来られるよう、仕組んだのですね」

「そうです。サバシュは臆病者らしく慎重で尻尾を出しません。帝国宰相たちはアスラーン殿下のカリスマ性に期待をしています。彼に簒奪《さんだつ》者の汚名は着せたくなかった。そして、期限もありましたので……」

その期限が〝エヴァが大人の女になるまで〟。

エヴァをヒューリャ宮殿の後宮にやらないため、大人の女になったことが明らかになりしだい、アスラーンの後宮に入れる。それが引き金となり、サバシュのアスラーンに対する殺意は頂点へと向かう。

そこに、アスラーンがエヴァを連れてルザーン帝国を脱出する計画を立てている、と耳打ちするのだ。

——メソン海で反乱が起こったことにして、そこにアスラーン殿下を向かわせればいいのです。好機とばかり食いついてくるでしょう。ついでに反乱があったことにして、首謀者としてアスラーン殿下の首を皇帝に差し出せば、一気に手柄となりましょう――ゼキは耳触りのよい言葉でサバシュを煽り立てた。

「十年前の意趣返しならテティス島がちょうどいい。そう言うと、サバシュも乗ってきました」

ついさっき着替えを手伝ってくれたペニーから聞かされたことを思い出した。

「ペニーから聞きました。国王と王妃は自ら死を選ばれた、と。ただ、兄の死にアスラーン様が手を下されたことが……苦しくてなりません」

エヴァの言葉にゼキは足を止め、振り返った。

「アスラーン殿下が憎いですか？」

「いいえ、そうではないのです。わたしは……アスラーン様を憎めませんでした。それが、お兄様に申し訳なくて……」

エヴァは声を詰まらせてうつむいた。

そのとき、ゼキの大きな手が彼女の頭にふわりと置かれる。

「気にする必要はないと思われます。マリノス王子が狭量《きょうりょう》で、妹を不幸にしても自らの恨みを晴らそうという男なら別ですが……」

「違います！　お兄様はそんな方ではありません！　妹たちのために命を投げ出してくれたのですよ。そんな方のわけが……」

エヴァが顔を上げて必死に抗弁すると、ゼキは信じられないくらい、嬉しそうに笑った。

「なら、何も気にせず幸せにおなりなさい。マリノス王子も喜ばれるでしょう」

「あの……ゼキさんの髪は、もともと白だったのですか？　それから、瞳の色が……」

彼の顔を食い入るようにみつめた。エヴァの中に何か引っかかるものがある。それが何か、思い出そうとするのだが、どうしても思い出せないのがもどかしい。

ゼキはそんな彼女を拒むように離れて行った。

「アスラーン殿下のご命令とはいえ、崖の上では失礼いたしました」

ふいに話を変えられ、エヴァはそれ以上質問できなくなる。

「あれは……無茶もいいところです。アスラーン様も、あそこまでなさらなくても」

あのときの、アスラーンとゼキのやり取りがすべて芝居だったとは。してやられたと言うより、マスケット銃まで持ち出すなんて、と感心してしまう。

しかも、あの崖には横穴がいくつかあった。落ちたアスラーンは、そこから突き出した網にかかるよう、あらかじめ細工していたという。

「あそこまでやって、アスラーン殿下が確実に死んだと思わせなくては、サバシュ自身が現場まで出てきませんから」

「でも……チャウラさんには可哀想なことをしたわ」

エヴァのことを殺そうとしたかもしれない。だが、肌の色だけで蔑まれてきた彼女にとって、ゼキの誘惑――王宮への誘いは魅力的なものだっただろう。

「残念ながら、あなたが同情を寄せる価値などない女ですよ」

「それは、言い過ぎではありませんか？　ゼキさんが誘惑したのでしょう？」

ゼキはふたたび前を向いて歩き始めながら、ポツリと答えた。

「オルティア王女は毒殺でした。その毒を調達してヒューリャ宮殿の女官長に渡したのが、チャウラです。彼女が調達した毒で何人もの女が死にました」

「え……本当、ですか？」

憎いというより、本性を知らなかった自分自身の愚かさにエヴァは涙が込み上げてくる。

そんなエヴァの沈黙に責任を感じたのか、ゼキが口を開いた。

「これは、言うべきではありませんでしたね。どうか、お忘れください」

彼の言葉にエヴァはクスッと笑った。

「そんなに簡単には忘れられないわ。それに、わたしはもう何も忘れたくないの。たとえそれが、どんなに悲しいことでも……」

マリノスの最期を思い浮かべながら、エヴァは胸の奥にしっかりと刻み込んだ。

「あちらの離れでアスラーン殿下がお待ちになっています」

それだけ言って、灯りの点いた燭台を手渡される。そこから先はエヴァひとりで行くように、ということらしい。

客用の離れは、八歳のエヴァがアスラーンに会うため、忍び込んだ場所だ。すでに辺りは真っ暗で、嫌でもあの夜を思い出させる。

テティス城の中庭に建てられており、当初は同盟国であったクセニア帝国からの客をもてなすためだった。あの当時で、もう十年以上誰も来ていない、と聞いたような覚えもある。

蔦の絡まる離れの建物はとても趣があった。

今でもそうだろうか、と目を凝らすが、やはり燭台の灯り程度ではよくわからない。

あの夜と違って、エヴァはきちんと正面の入り口から入っていった。中は灯りが点されていて、エヴァはひとりで居間に向かって歩く。

そこには、黒い上衣と脚衣を身につけたアスラーンがいた。

今までとはどこかが違う。アスラーンの周囲に透明な壁ができたみたいで、エヴァは彼に飛びつくことができない。

「事情は、ゼキから聞いたな？」

「……はい」

アスラーンは大きく息を吐き、ひと息に言った。

「私は戻りしだい、皇帝に即位することが決まった」

一足飛びに皇帝とはどういうことだろう？

サバシュに代わって、というなら、まず皇太子になるほうが先ではないか。そんなエヴァの疑問は一気に解消される。

「皇帝陛下が退位を希望された。大宰相はそれを伝えるためヒューリャ宮殿を訪ねたが、サバシュは行方不明だそうだ。そのため、私に帝位が回ってきた」

その言葉にエヴァは疑問を持った。

大宰相は本当に行方不明だと思っているのだろうか、と。

「それは言わずもがな、というヤツだな。大宰相は私とサバシュを天秤にかけ、私を選んだ。結果、皇太子はふいに姿を消し、皇太子を名乗る偽者が処刑される。十年もかけて根回ししたんだぞ。抜かりはない」

「十年前、この城でお父様に誓われたと、ペニーから聞きました。でも、不思議なことがひとつだけあります」

エヴァの言葉にアスラーンは一瞬だけ眉根を寄せた。

「なんだ？」

「十年前のことは皇太子……いえ、サバシュ様とそのお母様のたくらみだった、と。でも、アスラーン様がそんなたくらみに易々と落ちるとは思えません」

すると、アスラーンは声を立てて笑い始めたのだ。

馬鹿にされているのかと思ったが、どうやらそういう理由ではないらしい。アスラーンは本当に愉快そうに笑っている。

「ああ、すまん。だが――あのときはさすがに逃げ場がなかった。皇帝陛下は戦争に夢中で、息子のどちらが生き残ろうが興味はなかったようだし……」

彼の母親は東の国から連れて来られた女奴隷で、当時の第一皇子の寵愛を受け、十代でアスラーンを産んだ。だが、妃の身分を与えられないまま、息子を産んだ直後に亡くなってしまう。第一夫人、サバシュの母に殺されたというのがもっぱらの噂だが、証拠はない。

そんな中で彼が生き残れたのは、皇帝の母、アスラーンにとっては祖母が引き取ってくれたからだ。しかし、十歳のときに祖母は亡くなり、後宮は第一夫人の天下となった。

アスラーンの出生を聞き、エヴァは彼と生きて出会えたことが奇跡のように思える。

「おまえは私が優しいと言ったな。あの白い犬を助けてくれたから、と」

まるで何かを悟り、達観したような表情だ。

エヴァは彼から目が離せず、うなずくことしかできない。

「おまえの言ったとおりだ。目の前で殺されるであろう犬が、不憫だと思った。そうなんだ……どれほど憎いと思っても、私には第一夫人を殺すことはできなかった」

周囲にはアスラーンを推す声もあった。だが彼らはアスラーンの味方ではなく、サバシュの敵であるにすぎない。簡単に裏切る連中を信用することなどできない。

戦わねばならない、という思いはアスラーンをどんどん追い詰めていく。そんなとき、テティス島遠征を皇帝に命じられた。

そして、直前になって、サバシュが皇帝に同行を願い出たのである。

「私の数少ない味方で教育係だった男に逃げろと言われた」

「逃げなかったのですか？」

「ただ、生きるためだけに戦うことに疲れたんだ。テティス島の人間には迷惑な話だろうが」

アスラーンは窓から庭を見ながら続ける。

「そんなとき、おまえが飛び込んできた。裏も表もなく、ただキュクノスを助けてくれたから、という理由で自分たちを助けてくれと言い、当たり前のように――次は皇子様が皇帝になるのでしょう、と」

「ご、ごめんなさい。わたし、あのときは何も知らなくて……」

「いや、謝らなくていい。おまえの言葉で、私は皇帝になると決めたんだ」

窓にもたれかかり、アスラーンはこちらをジッとみつめていた。

その穏やか過ぎる瞳に、これまでとは違う距離を感じ、エヴァは怖くて堪らない。

エヴァはゆっくり、ゆっくり、アスラーンに近づいた。

まるで野生動物に近づくときのように。走って抱きつこうとすれば、身を翻して逃げてしまいそうでならない。

そっと手を伸ばして、やっとアスラーンの腕に触れる。

今までなら、攫うように抱き締めてくれた。容赦ない口づけでエヴァを翻弄して、そのまま躰の奥まで奪い尽くしてくれたのに。

「アスラーン様……わたし……わたしは」

「おまえの願いを叶えてやる」

「……え？」

崖の上で言った言葉を訂正しようとしたとき、アスラーンに先を越されてしまう。

「十年前の約束から、おまえを解放してやろう。この島で、おまえの望む相手と暮らすがいい。おまえはもう奴隷ではない」

アスラーンと繋がる最後の糸が、プツンと切れる音がした。

別れの言葉を告げられ、エヴァは瞬きすらできない。

彼が生きていてくれたら、それだけでいいと思った。でも今は、置いて行かれることにとてつもない孤独を感じる。

そのとき、アスラーンの手がエヴァの手を摑んだ。

スッと彼の身体が視界から消える。それは、エヴァの手を摑んだまま彼が片膝をつき、ひざまずいたせいだった。

真摯な黒い瞳がエヴァを見上げている。

「我が国で女を守るためには、妻にすることが唯一の手段だ。そのため、おまえの身体を強引に奪って申し訳なかったと思っている」

愛情から、妻にしてくれたわけではなかったのだ。

アスラーンの言葉はエヴァの心から力を奪い、彼女はひと言もなく、ただ彼をみつめるだけになる。

「だが……守りたかった。皇帝になろうと思ったのも、すべておまえのためだ」

その言葉とともに、手の甲に彼の唇が押し当てられた。

エヴァの手を摑んだ大きな掌の温もり、押し当てられた唇から零れる熱い吐息――アスラーンを感じることができるのは、おそらくこれが最後。

そのとき、彼の手が離れた。

「エヴァンテ姫、どうか幸せに」

アスラーンは立ち上がり、エヴァの前からいなくなる。

もう、奴隷ではない。生まれ育った島で、懐かしい人たちに囲まれて、自由に暮らすことができる。エヴァだけを愛してくれる人を見つけて、子供を産み育て、新しい家族を作っていけばいいのだ。

寂しいのは一瞬だけのこと。スーレー宮殿で過ごした日々も、アスラーンに抱かれて眠った夜も、すぐに忘れる……。

遠ざかる足音が聞こえなくなった瞬間、エヴァは振り返り、駆け出していた。


「アスラーン様……アスラーン様ぁーっ！」

居間を飛び出し、入り口の扉を開けるとそこは闇だった。深淵に向かって足を踏み出す心地で、エヴァは一歩進む。

それだけで、前後左右だけでなく、上下の感覚すらなくなった。

(怖い……こんな真っ暗な中をアスラーン様は行ってしまわれたの？　わたしに、追いかけることができるの？)

今なら離れに戻ることは簡単だ。

アスラーンの言うとおり、彼のことを忘れてここで幸せになるための努力をすればいい。追いかけてもつらいだけだ。

皇帝になれば後宮の規模は今まで以上に大きくなる。ルザーン帝国の皇帝は代々四人の夫人を娶り、正妃は置かない決まりがあると聞く。ひとりの妃やその実家に権力を集中させないためらしい。エヴァが神に誓った法的な妻である正妃にしてもらえる可能性はゼロに等しく、夫人にしてもらえるかどうかすらわからない。

それでも、アスラーンのいない未来は過ごしたくなかった。

「待って……待ってください、お願い、置いて行かないで！　アスラーン様、わたしも連れて行ってください!!」

エヴァは目を瞑っているような感覚のまま、探るように手を伸ばし、ひたすら前に進む。

「アスラーン様……あなたが好きです。愛しています……何番目でもいいから……ただの妾妃でかまわないから、お傍にいさせてください。お願いですから、わたしも……きゃっ！」

エヴァの足が硬いものにぶつかった。中庭に転がる石か、ひょっとしたら木の根っこかもしれない。転びそうになり慌てて手を伸ばすが、辺りには何もない。

　そのまま前のめりに倒れかけたとき、エヴァの身体をすくい上げるように誰かが支えてくれた。

「エヴァ、おまえ……私を愛しているのか？」

　アスラーンの声がすぐ近くで聞こえ、エヴァは必死になってしがみついた。

「はい、アスラーン様が好きです」

「私は十年もおまえを偽り続けた男だぞ。それに、おまえは若い。初めて経験する快楽に引きずられて言ってるだけかもしれん。いずれ後悔する日が……」

「違います！　思い出したときは、混乱していて……でも、何があってもアスラーン様はわたしにとって英雄です」

　エヴァは目を凝らして、懸命にアスラーンの顔をみつめ続けた。

「なら、どうして地下牢から逃げ出した？　おまえにとって私はもう、英雄失格ではないのか？」

　アスラーンの声は逼迫《ひっぱく》していた。あまりにも苦しそうで、エヴァは慌てて言う。

「そんなことありません！　逃げ出したのは……わたしが、あなたを助けたかったから。いつまでも、誰かに守ってもらうだけの子供ではないと証明したくて、自分の力で逃げたかったのです」

　闇の中、漆黒に煌めく瞳がいっぱいまで見開かれる。

「あなたが生きていると信じていました。だって、死ぬときは道連れだと……そうおっしゃったではありませんか」

エヴァは花が咲くように笑った。

そんな彼女の身体をアスラーンは一瞬で抱き上げ、とても暗闇とは思えない足取りで離れへと駆け戻って行く。

居間まで戻ると、彼はエヴァを長椅子に下ろして激しく口づけた。

あまりに性急で、寝室まで我慢できないといった様子にエヴァのほうが慌ててしまう。

「ア、アス……ラーンさ……ま、ちょっと、待っ……て」

「何を、待つんだ?」

「せめて、とな……りの、寝室に」

忙しなく唇を重ねながら、アスラーンの手によりドレスの前を留めた紐がほどかれていく。大きく開いたあわせ部分から柔らかな双丘が零れ落ち、その瞬間、彼は待ちきれない様子で胸の頂を咥えてきた。

「あっ……んんっ……続きは、寝台……で、ぁうっ!」

強く吸われてエヴァは喘ぎ声を抑えられない。

まるで赤ちゃんのように、チュウチュウ音を立てて吸いつかれ、エヴァの身体はしだいに、赤くて滑らかなビロードの上に横たわっていく。

アスラーンは急にどうしたというのだろう?

これは愛を告白したエヴァに対するご褒美なのだろうか？

そんな疑問を口にする余裕すら与えてもらえず、気がつけばドレスの前はすっかり開かされ、スカート部分も裾からたくし上げられていた。

彼は長椅子の横にひざまずいたまま、唇でエヴァの素肌を彷徨《さまよ》った。胸全体に吸い痕をつけ、じっくり舐ったあと、腹部まで下りてくる。そして軽く吸いつき、舌で舐め回され、こんなにしっとりとしたまろやかな愛撫は初めてだ。

「たしかに、この反応は子供じゃないな。エヴァ……私を愛していると、もう一度言ってみろ」

「愛し、て……まぁ……ああっんん、あっ……やぁあーっ！」

エヴァが答えようとした瞬間、アスラーンの指が秘所に押し込まれた。

突然のことにエヴァは脚を閉じようとするが、あっという間に花芯が彼の指先に堕ちてしまう。強く責め立てられ、堪えることもできずに蜜を溢れさせた。

ふるふると震えるエヴァの下肢を、アスラーンは嬉しそうにみつめている。

「ずいぶん気持ちよさそうだな。なるほど。今までも、好きな男に抱かれて本気で悦んでいたわけか」

「どういう……意味、ですか？」

「これでも、いたいけな少女を無理やり女にしてしまったと、私なりに気遣っていたんだ。だが、おまえの気持ちが私にあるなら、遠慮はいらんということだな」

アスラーンのこれまでの行為に、遠慮があったとはとうてい思えない。そのことを口にしようとしたとき、唐突に腰を摑まれ、引っ張り上げられた。

「え……あ、きゃあっ！　アスラーン様、こ、こんな格好は……恥ずかしいで、す……きゃぁんっ！」

彼は長椅子に座り込み、真上を向けられたエヴァの秘部を覗き込んでいる。

「この格好は実によく見える。初々しい蜜壺が甘い蜜で溢れ返っているな」

チョンと淫芽を突かれ、エヴァは腰を引いた。

「きゃぁん！　やぁ……もう、こんな格好は……許してください」

「馬鹿を言うな。ああ、零れるのがもったいない。――エヴァ、もっと気持ちよくしてやろう」

「もっと……って、それ、はぁ……あぁっ」

羞恥の場所に唇を押しつけ、エヴァの身体から零れ落ちる蜜をジュルジュルと啜り始めた。肉感のある舌先が割れ目をゆっくりと往復する。同時に淫核を抓まれ、エヴァは耐えられなくなり腰を揺らしていた。

「腰が動いてるぞ、エヴァ。あられもない姿でぐっしょりになるまで感じるのは、私が好きだからか？」

「は……い。アスラーン様が……好き、だから……ん、んんっ」

ツプンと蜜穴に指が入り込む。

激しく掻き回すでもなく、ゆっくりと抜き差しを始めた。そして時折、思い出したように花芯をクリクリと押し回す。

「も……ダメ、です……わたし、わたし……」

エヴァは懇願するようにアスラーンの顔を見ようとした。

だが、彼の顔はエヴァの脚の間に隠れている。アスラーンはまだ口淫でエヴァの敏感な場所を責めるつもりなのだ。そう思った瞬間、後ろのほうまで彼の舌が這い回った。

「あ、あ、あ……ダメ、そこはダメなの……お願い、いやぁ、あぁ……アス……ラーンさ……ま」

後ろの穴に押し込まれる感じではない。ただ、その周りを何度も何度も舐られるだけだった。

しかし、そんな場所を愛撫されて気持ちよくなってしまう自分が恥ずかしい。エヴァは泣きそうになりながら、ひたすら首を左右に振り続けた。

ふいにアスラーンの身体が離れる。

「そんな顔をするな。無茶はしない。素直に気持ちよくなっていろ」

エヴァは持ち上げられていた下半身が楽になり、ホッと息を吐いた。だが、アスラーンを怒らせたのであれば、安堵している場合ではない。

「ご、ごめんなさい。本当に、ダメというわけではないのです。わ、わたしは、アスラーン様と、一緒に気持ちよくなりたい……ダメ、ですか？」

エヴァは頬を真っ赤にしながら、思いのたけを口にする。

直後、アスラーンはギュッと目を閉じた。

「おまえという奴は――チッ！」

彼は奥歯を噛み締めるように舌打ちすると、脚衣を押し下げ、昂りを取り出す。そしてエヴァの秘所に押し当て、焦らすように擦り始めたのだった。

熱く猛った肉棒を溢れ出た蜜に浸し、絡めるように腰を回している。

アスラーンが動くたびに花芯を刺激され、じゅわりと新たな蜜が流れ出てきてしまう。

「まったく、どれだけ私を翻弄すれば気が済むんだ？」

「そんな……翻弄、なんて」

「私の後宮に入りたいと言ったかと思えば、サバシュの後宮に入るのでお世話になりました、と言い始める。私に壊されてもかまわないと泣きながら、最後の最後で願いごとはない、私といるのは苦しいと突き放す。――私が好きなら好きと、さっさと言え！」

「は、はい……すみませんでした」

エヴァは謝りながら、ひとつだけ勇気を出して尋ねてみた。

「アスラーン様は……わたしのこと……嫌い、じゃない……ですよね？」

「ああ、嫌いじゃない」

アスラーンは即答する。

それは喜ぶべき答えかどうか微妙だ。エヴァは質問の仕方に勇気が足りなかったことを後悔する。

　もう一度尋ねてみようかと思ったそのとき——。

「あっ……アスラーンさ、ま……あの……やっ、あん、あぁん……んんっ」

　蜜に塗れた杭がニュルンと膣内に滑り込んだ。

　一気に奥まで突かれる——そんな想像をしてエヴァは身構えた。ところが、アスラーンは小さく腰を動かし、浅い挿入でさらにエヴァを焦らしてくる。

「奥まで入れて欲しいか？　欲しいなら、愛してると言え」

「な、何度も……言っています」

「いいや、足りない。私を翻弄した罰だ。もう一度、いや、何度でも言わせるぞ」

　少しだけ挿入が深くなり、腰を引きながら蜜壁を欲棒でズズッと擦り上げた。ほんの小さな動きなのに、あまりの気持ちよさにエヴァは彼の言いなりで答えてしまいそうになる。

「そんなっ……あっ、んっ……んんっ」

「愛しています……あなたを、愛して……たとえ、愛してもらえなくとも、わたしは……ずっと愛し続け……あ、ああーっ！」

　アスラーンの雄はエヴァの返事を最後まで聞かず、膣奥まで突き進んだ。天井部分を二、三度擦ると、今度はゆっくり引き抜いていく。雁首が引っかかる位置までくると、一転して性急に深い部分を求める。

「愛してないとは言ってないぞ」

「え？　えっ……あ、あの……あん、あっ、あっ」

緩やかな抽送が急に激しくなり、アスラーンの言葉を聞き直すこともできない。

腰を打ちつけながら、黒い上衣をはだけた。ふいに逞しい小麦色の肌が露わになり、エヴァは思わず顔を覆う。

今さら、と思わないことはない。数え切れないほど彼の裸は見てきている。今も、一番恥ずかしい部分で繋がっているのに。

それでも……何十回、何百回と目にしても、そのたびに凛々しくなり、男の色気が増している。そんなアスラーンの姿を目にするだけで、エヴァの頬は火照ってしまう。

そのとき、彼の手がエヴァの腕と腰を摑んだ。

「エヴァ、来い」

短い言葉とともに、グイと引っ張られる。

エヴァは手を伸ばして彼の首に抱きついた。躰を繋げたまま、ふたりは正面から向き合って抱き合う。そして、どちらともなく唇を寄せ合い、強く重ねていた。

『嫌いじゃない』ではなく、『愛してないとは言ってない』。その言葉の意味はエヴァの思ったとおりに受け取っていいのだろうか？

自分の都合のいいように解釈しているだけだとしたら、喜んだ分だけ落ち込むことになる。

アスラーンの情熱を最奥に感じながら、この恋に溺れていいのかどうか、エヴァはまだ

躊躇っていた。

「おい、ひょっとして、まだわかってないのか？」

唇が離れ、アスラーンの吐息が耳朶に当たった。

低く掠れる声はエヴァの鼓膜を震わせ、快楽の余韻のように背筋を伝って下腹部まで下りていく。

「クッ！　そんなに締めるな。もっと可愛がってやりたいのに、持たないだろうが」

「いいです……わたしは、もう。あ……明日も、抱いてくだ、さいま……すか？」

「明日だけでいいのか？」

「それは……ぁ、あぁんんっ！」

尋ねながらアスラーンは欲棒で蜜窟の天井を突き上げてくる。子宮口までこじ開けられる感じがして、エヴァは抱きつく指先にもっと力を込めた。

「おまえを自由にするのはやめだ！　私は生涯おまえを放さない。それでいいな？　いいと言え！」

「は……い。ずっとお傍に、いさせて……ください。でも、お願い……少しでいいから、愛して……ください。一番じゃ、なくても……いいから」

その瞬間、アスラーンの大きな手がエヴァの顎から首に手を添え、上を向かせた。

「いい加減にしろ。愛してもいない女のために、皇帝の地位を手に入れようとするような、酔狂な男がどこにいる!?」

「アスラーン様？」

目の前のアスラーンは、まるで少年のような顔をしていた。無我夢中でエヴァが欲しいと雄叫びを上げている。

「最初は、ただ守りたいと思っただけだ。守るために形ばかりの妃にしよう、と。だが、十六のおまえに欲情して手淫をさせたときに、真実の妻にすると覚悟を決めた」

「か、覚悟……なんて、そんな……」

「おまえの処女は私がもらう。ただし、正妃として望むものはなんでも与え、必ず幸福にしてやる、と。だが、おまえは……」

「わ、わたしは……正妃……なの、ですか？　あ……やぁ、んっ……待って、アスラーン様……話を……ああっ！」

ふたたび、アスラーンの動きが速まった。

エヴァの腰を摑んで少し浮かせると、ズチュズチュと音を立てながら荒々しい抽送を始める。

「これ以上の話はあとだ。思う様、抱かせろ。おまえも安心して達けばいい」

アスラーンを独り占めしてもいいのだ。

そう思った瞬間、体奥で蠢く塊が火傷しそうなほど熱を孕み、直後、白濁を噴き上げた。

アスラーンの熱情がエヴァの胎内で奔流となって荒れ狂い、奥へと注ぎ込まれていく。

それは幸福過ぎるほど幸福な時間。

アスラーンの与えてくれた悦びを、一滴も躰の外に零したくない。エヴァが隙間もないほど彼に抱きついたとき、同じだけ抱き締めてくれたのだった。

☆　☆　☆

翌朝一番、モノケロース島のメタッレイア公爵の後継者が挨拶に来ていると言われ、エヴァは叩き起こされた。

（アスラーン様が手加減してくださらないから、夜が明けてからやっと眠れたのに。でも、メタッレイア公爵の後継者ということは……亡くなったはずのご次男が生きておられたのかしら？）

寝台以上に全身がギシギシと軋むが、やはり後継者の正体が気にかかる。

そのとき、バンッと扉が開いた。

「エヴァ！　エヴァ！　エヴァ！　アスラーン殿下が死んだって言われて、でもホントーは生きてるって言われて、それで、ニセモノの皇太子殿下が襲ったんだって！　エヴァと妾妃様も襲われて殺されたって……ああ、エヴァが生きててよかったぁ」

飛び込んできたミュゲが大騒ぎしている。

修道院にいた者は、修道院長のペニー以外は全員拘束されて、朝まで部屋に閉じ込められていたという。

昨夜、ペニーからミュゲは無事だと聞かされていたので安心していたが、こうして顔を見るとやはりホッとする。

「ミュゲ、あなたも無事でよかったわ」

「モノケロース島の反乱も、アスラーン殿下を狙った罠だったんだって。だから、すぐに帰国するって聞いたんだけど……」

「ええ、出航に向けて早急に準備をさせているそうよ。……どうしたの、ミュゲ？」

酷くガッカリした顔つきで、エヴァのほうがびっくりする。

「だって、メソン海の島まで来られたのに、浜辺で遊ぶこともできなかったなんて。あー残念。もう一生、こんなところまで来られないよね」

「そんなことないわ。皇帝陛下が退位されて、次の皇帝にはアスラーン様が立たれるのよ。だから、ルザーン帝国は変わるわ、きっと」

「ええっ!?　それって、ニセモノの皇太子がホンモノの皇太子殿下を殺しちゃった、とか？　ううん、そんなことより、エヴァって皇帝陛下の正妃様じゃない!!」

すでに浜辺の件はどこかに行ってしまった様子で、ミュゲは大騒ぎしている。

あらためて自分が正妃であったことを聞き、不思議な気分だ。

昨夜、アスラーンから聞かされた言葉――。

『妾妃のひとりを増やすぐらいで皇帝の許可はいらない。おまえを正妃にするため、初夜を終えただけのおまえを残して帝都に赴いたんだ』

いろいろ気になることはあるが、エヴァは思い出すだけで頬が緩んでしまう。

だがそのとき扉の外から、

「エヴァンテ様、アスラーン様が私に『急がせろ』との仰せなのですが」

ゼキの声が聞こえ、エヴァはミュゲとふたり、慌てふためきながら着替えたのだった。


エヴァがふらつく身体で案内されたのは、謁見の間。

この城で一番立派な場所は大広間だ。通常なら客は大広間に通すはず。

だが、大広間はチャウラがエヴァの目の前で殺された場所だった。思い出させまいとするアスラーンの心配りなのだろう。

謁見の間に入るなり、来客と談笑するアスラーンの姿が目に入った。

一瞬呆気に取られるが、すぐに我に返り、エヴァもゆっくりと近づいていく。

来客は女性だった。エヴァと同じで、ルザーン帝国のドレスとメソン海の島々の服を掛け合わせたようなドレスを着用している。

「エヴァ、紹介しよう。今は亡きメタッレイア公爵の長男の妻であったセレーネだ。長く行方不明だったが、息子のタキスを連れて生還した」

一瞬、なんのことかわからなかった。だが、『セレーネ』の名前にハッと閃く。

『わたくしの本当の名前は、セレーネと申します』

軍艦の中で聞いた言葉を思い出し、女性の顔を見るなり、エヴァは歓喜の声を上げた。

「アイラ様！　ああ、ご無事で何よりでした!!　デニス様も……本当によかっ」

その瞬間、エヴァは背後から口を押さえられ、アスラーンに羽交い絞めにされる。

「おまえは私の言葉を聞いてなかったのか？　このふたりはセレーネとタキスだ。スーレー宮殿の後宮にいたアイラとその息子は、皇太子を名乗る偽者に殺された。いいか、もう一度言う――セレーネだ。わかったな？」

エヴァは口を塞がれたままコクコクとうなずく。

メタッレイア公爵の長男ステリオスは引くことのできない男で、父親の公爵より先に亡くなった。島民を盾にして生き残ろうとした公爵をアスラーンが討ち、アイラことセレーネの決断でようやく戦いが終結した。

問題はそのセレーネだ。彼女は捕虜として帝都に連行され、そのまま女奴隷となることが決まった。だが、そのとき彼女は夫の子供を身籠もっていたのだ。

男子を産めばその場で殺される。我が子を守るため、セレーネは必死で懐妊の事実を隠していた。

それに気づいたのがアスラーンだった。

彼は理由をつけてセレーネを自分の後宮に入れ、寵愛するふりをして、後宮内で子供を産ませた。女官たちの全員が裏事情を知っているわけではないが、女官長のジーネットはあらゆる裏事情に精通しているという。

テティス島の港から輿に乗ったのは本物で、途中で輿そのものを入れ替えた。海に沈めた輿には浮いて来ないように石が入れてあったらしい。その辺りはゼキの手配だ。

エヴァは何も気づかなかった自分が恥ずかしく、少し悔しかった。

そんなエヴァの気持ちを察したのか、セレーネが釈明を始める。

「エヴァンテ様、これは、ある後宮のお話です——不幸にも奴隷として売られてきた娘の中には、きちんとした親もいて帰る家のある者もいました。そういった娘は亡くなったことにして、死体運搬車に乗せて後宮の外に出すのです。そういった後宮の主人が主君になれば、その国はよい国になるとは思いませんか?」

「え、ええ、もちろん……」

後宮に入った女と暮らしている女の数がどうして合わないのか、その理由がわかりホッとする反面、セレーネの言いたいことがわからず、生返事になってしまう。

「その後宮の主人を変えたのは——わずか八歳の少女の、崇高な愛情と行動力だそうです。わたくしは、その少女が主君のお妃様になられたら、さらによい国になると思うのです」

セレーネは優しく微笑んだ。

それにつられて、エヴァも満面の笑顔になる。

「はい。ありがとうございます。アイ……いえ、セレーネ様、わたしとお友だちになってくださいますか?」

「ええ、喜んで」

「いつかルザーン式の浴場にご招待しますね。そこで、一緒に氷菓子をいただきましょう」

「それは……とっても楽しそうだわ。いつか、必ず」

この先、メタッレイア公国はルザーン帝国の従属国として復活する。デニスことタキスが公爵を名乗るのは、もう少し先の未来。でも、そう遠いことではない。

メソン海を映し取ったような青い瞳を煌めかせ、セレーネは憂いのない笑顔を見せてくれたのだった。


セレーネとタキスは顔を隠して引き揚げて行った。

そして、謁見の間にはエヴァとアスラーンだけが残される。

「アスラーン様、ありがとうございます。わたし、もう、なんと言えばいいのか」

エヴァは興奮気味に話す。

ふたりには生きていて欲しかった。だが生きていれば、いくらエヴァが正妃であっても、アスラーンを独占するわけにはいかない。

それにアスラーンの息子には、きちんと第一皇子の称号を与えてあげたいと思った。

初めて経験する嫉妬という感情に振り回されそうになっていた。それが、あっという間に解決したのだ。

身籠もっていたセレーネを助けた度量の大きさといい、奴隷として後宮に入れられた娘たちへの気遣いといい、アスラーンはなんて優しい男性なのだろう。

エヴァは彼の行動に感動を覚えつつ、感謝の言葉を口にせずにはいられなかった。

「愛妾たちも似たような理由だ。帰る家のない女や、後宮を出れば危険な立場に追いやられる女を選んだ。ジーネットに愛妾のひとりもいないのはおかしいと言われたからな」

アスラーンはこの部屋で一番立派な椅子に腰かけ、エヴァから視線を逸らしている。その姿は褒められることに慣れていないせいか、照れているようにしか見えない。

そんなアスラーンの横顔を見ているだけで、エヴァの頬は緩んでしまう。

「言っておくが、妾妃も愛妾も肩書きだけだぞ。面倒ごとを増やす気はないから、手は出してない」

「え？　それは……ひとりも、ということですか？」

エヴァは驚きのあまり目を丸くした。

「女は厄介だからな。帝位を狙うと決めた以上、邪魔されたくなかった。その結果、十年も女断ちだ。おまえにのめり込む気持ちが少しはわかったか？」

嬉しい反面、わずかだが不安も浮かんでくる。

「それは、妾妃や愛妾をたくさん作るのは皇帝になってから、という意味にも聞こえるのですが……」

アスラーンは思わせぶりに黙り込むと、スッと立ち上がった。

「昼には出航だ。それまで部屋で休むとしよう。おまえも来い」

完全に話を逸らされた感がある。だが、あまり深く追究するのも怖い。

「お昼まで時間もありませんし、もう、何もなさいませんよね？」

「当たり前だ。それとも、して欲しいのか？」

「そ、そうではありません！」

アスラーンの足は離れに向かうが、エヴァは彼のあとを追うべきかどうか迷う。このまついて行ったら、エヴァ自身が彼を求めているみたいに思えて……。

そのとき、彼は足を止め、背中を向けたまま言った。

「もっと素直に私を欲しがれ。おまえが私の欲望をすべて受け止めると言うなら、帝位に就いてもおまえ以外の女は抱かない」

そしてふいに振り返り、

「だが、今は休むだけだ。ほら、さっさとついて来い」

アスラーンは悠然たる面持ちで微笑みつつ、エヴァに手を差し出す。彼女の不安は一気に解消され、心の奥にまで明るい光が射し込んだ。

「はっ、はい！」

エヴァは叫ぶように答えた。

ふたりがそのまま離れに向かおうとしたとき――ワン、と犬の鳴き声が聞こえた。

振り返ると、ゼキの横に大きな白い犬がぴたりと寄り添っている。垂れた耳、長い手足、クルンと丸まった尻尾を忙しなく振り、つぶらな瞳でエヴァをみつめていた。

「おまえ、まさか……キュクノス？」

エヴァの問いかけに、ふたたびワンと鳴き、キュクノスは駆けてきて彼女の足下に寝転がった。クルンと仰向けになり、無防備にも腹を見せてくれる。

思いがけないことに嬉しくなり、エヴァはもこもこの白い毛を撫でさすった。

十年前、アスラーンが追い払ってくれたおかげで兵士たちに殺されずに済んだ、エヴァが可愛がっていたキュクノスに間違いない。

「まあ、なんて大きくなったの？　アスラーン様が面倒を見てくださったんですか？」

「とくに面倒を見ようと思ったわけではない。だが、この城から離れようとしないんだ。殺すわけにもいかないだろう」

仕方なさそうに言うが、ここまで彼の優しさを見せられたら、それが本心でないことは明らかだ。

エヴァは立ち上がり、アスラーンの手にそっと触れる。

「ありがとうございます。でも、アスラーン様よりゼキさんに馴れているのですね」

キュクノスも起き上がって、サッとゼキの横に戻っている。まるで彼を主人だと思っているみたいだ。

「ひょっとしたら、お兄様と間違えているのかもしれないわ。だって、キュクノスはわたし以上にお兄様に懐いていて……あ、ごめんなさい」

三人を取り巻く空気が変わり、エヴァは慌てて口を閉じた。

マリノスのことでアスラーンを責めるつもりは全くない。だが、思い出話をするだけでも、彼にすれば心苦しいだろう。

ゼキもそんな空気に気づいたらしい。軽く頭を下げたまま、壁際まで下がって行く。キュクノスもクゥンとひと声鳴いて、ゼキのあとをついて行った。

「いや、キュクノスは利口な犬だ。きっと、真実を見抜いているんだろう」

アスラーンの言葉に、エヴァはドキッとして見上げる。

「真実というのは……まさか、まだ、わたしの知らないことがあるのですか？」

「ある、と言ったら？　だがこればかりは、おまえがどんな反応をするか、見当もつかないな」

これ以上何があると言うのだろう？

必死に考えるが、エヴァにも見当がつかない。彼女は考えることを諦め、覚悟を決めて口を開く。

「この二日間で一生分驚きましたから。これ以上、どんな嘘を告白されても大丈夫です。だから、わたしにも真実を教えてください」

「そうか……では、教えよう。十年前、私はマリノスを殺してはいない――」

息を呑むエヴァの前でアスラーンは真実を語り始めた。

アスラーンにあとを託して国王夫妻は命を投げ出した。

組み立てたストーリーに現実味を持たせるため、マリノスはその場で死を選ばず、アスラーンに処刑されるという筋書を作る。

サバシュに処刑を命じさせるよう誘導するくらい造作ないこと。だが、アスラーンや国王の側近たちは、マリノスを生かす手段を考えた。

アスラーンを殺すためにつけられた護衛兵は、国王たちとの密談のすぐあとに襲ってきた。二十人もいた護衛兵を、アスラーンはマリノスと協力して、たったふたりで斬り伏せたのだ。

その中から、金髪でマリノスに背格好のよく似た男を生かしたまま捕らえる。そして喉を潰し、顔を殴り、マリノスの服を着せて処刑したのだった。

オルティアにも真実が知らされていた。

だからこそ、エヴァにはなるべく見せないようにした。もし、無邪気な彼女が『お兄様じゃない』などと叫べば一巻の終わりである。

エヴァの記憶にある、金色の〝何か〟はマリノスではなかった。

「それは……お兄様が生きているということですか？　まさか、そんな……いったい、どここにいらっしゃるの!?」

胸が張り裂けそうなほど、ドキドキし始めた。マリノスに会えるかもしれない。それは、一度諦めた分だけ、期待ばかりが大きく膨らむ。

母の祖国に戻ったのだろうか。

だが、どこで暮らすにせよ、マリノスは死んだことになっている。万が一、生きていることがサバシュに知られたら、アスラーンの嘘がばれてしまう。

自ら名前を捨て、正体を隠して生きる以外にない。

それは名前を奪われ、元王女と呼ばれて生きることより、つらいことに思えた。

「最初の計画では、いったん島を離れて身を隠すことになった。そして、ルザーン海軍が引き揚げたあと、こっそり戻ってきて島内に隠れ住む。ところが、マリノスは島に戻って来なかった」

「それでは……行方不明なのですか?」

膨らんだ期待が一気に萎み、エヴァは涙を堪えるため唇を噛み締めた。

「いいや。次に奴と会ったのは、二年後のトュガル宮殿だった。名前を変え、奴隷に身を落として帝都に潜入し、私が皇帝になるため協力する、と言ってきた。たった二年、どんな手段を使って王宮の小姓まで上がってきたのか――黄金の髪は真っ白に変わっていた」

アスラーンの言葉にエヴァは振り返った。

そのとき、ハッと思い出したのだ。

「城から崖下に抜ける秘密の道！　あの道のほうから、ゼキさんは来られました。あの道を知っているのは、ティオフィリアの王族だけ……」

　あのとき、気づくべきだった。エヴァは自分の鈍さが恥ずかしくなる。

　そんなエヴァの言葉を聞いても、ゼキは何も言わない。口を固く引き結び、中空を睨んでいる。

「ゼキ、なんのために昨夜、エヴァを部屋まで迎えに行かせたと思ってる？　おまえにだんまりを続けられたら、この私は延々と嘘つきのままではないか」

「申し訳ございません」

　そう言ってアスラーンに頭を下げたきり、また黙り込んでしまう。

「お兄様……ですか？」

「……」

「お顔も覚えてなくて、薄情な妹でごめんなさい。でも……でも……生きていてくださってよかった……」

　瞳を覗き込んだとき、ふいに感じた懐かしさ。あれはゼキの硝子細工のような瞳の奥に、マリノスと同じ瞳の色を見つけたからだ。

　キュクノスにも気づけたことが、どうしてわからなかったのか。

　エヴァは鈍い自分に腹立たしさすら感じる。

　だが、ゼキのほうはエヴァの顔をちらりとも見ようとしなかった。

「よかったかどうかは……私はオルティアを救えなかった。エヴァンテ、おまえのことも……十年も奴隷をさせてしまった。私には兄と呼ばれる資格はない」

再会して初めて『エヴァンテ』と呼ばれた。温かな感情の籠もった声はたしかにマリノスの声だ。

（わたしが気づけなかったのではなく……お兄様が、絶対に気づかせないようになさっていたのだわ）

彼女の瞳に大粒の涙が浮かび上がり、ゼキの姿が霞んで見える。瞬きをするたびに、涙の雫が頬を流れ落ちていく。

「資格なんて……いりません！　わたしにとって、お兄様は……ひとりしかいないのに」

「エヴァンテ、私を許してくれるのか？」

ゼキはエヴァの顔を正面からみつめた。ようやく、ふたりの瞳にお互いの姿がくっきりと映し出される。

そして、ゼキはゆっくりとエヴァに向かって一歩踏み出した。

「お兄さ、ま……」

エヴァのほうからも駆け寄り、ゼキに抱きつこうとした瞬間――。

「きゃっ！」

彼女の身体は背後から拘束される。

「はい、そこまで。いくら兄妹でも、皇帝の正妃と抱き合うなど言語道断だ！」

「ア、アスラーン様!?」

そのままひょいと抱え上げられ、アスラーンは離れに向かってスタスタと歩いていく。

ゼキは呆れた顔をして、苦笑いを浮かべている。

「アスラーン様、こ、これはあんまりです！　お兄様とお話くらいさせてください。アスラーン様が、再会させてくださったのではありませんか!?」

兄が生きているだけでも夢のようだ。せっかく再会できたのだから、積もる話は山のようにある。抱き合って、十年ぶりの再会を喜んでも罪になるとはとうてい思えない。

エヴァは必死に訴えるが、アスラーンは足を止める気配もなかった。

「うるさい。おまえは私よりゼキのほうがいいのか？」

その返事には絶句してしまった。

「アスラーン様……ひょっとして、お兄様に妬いておられるのですか？」

後ろから抱えられた格好のままなので、エヴァにはアスラーンの表情が見えない。そのため、なんとなくクスッと笑ってしまった。

すると――。

「出航までの時間、覚悟するんだな！」

エヴァは青くなりつつ、アスラーンには逆らえない自分を感じていた。

エピローグ

　ルザーン帝国、皇帝アスラーンの即位から丸二年。

　先帝セルカン二世はすでに亡く、アスラーンより前に異母兄サバシュが皇太子であったことすら世間は忘れつつある。

　サバシュはいつの間にか、父親のセルカン二世から廃嫡《はいちゃく》され、そのことに動揺して出奔したことになっていた。

『生死不明のままだと、敵対国や反乱軍に利用されることにはなりませんか？』

　ゼキはそんな心配をするが、アスラーンはあえてそのままにしている。

『利用したい奴にはさせてやればいい。そのほうが潰しやすいというものだ。生きてる間はなんの役にも立たない男だった。死んだあとくらい、せいぜい役に立ってもらおう』

　その答えにゼキが異論を唱えることはなかった。

　アスラーンは即位直後、ゼキにテティス島をティオフィリアの新しい国王に返還したいと申し出た。

　マリノス王子の生存を明らかにし、ティオフィリア王国を復活させればいい。今度はルザーン帝国が同盟国となる。アスラーンを即位させるため、長年に亘り協力してくれたゼキにはできる限りのことをしたい、と。

しかし、

『私は王の器ではありません。ですが、アスラーン陛下は覇業《はぎょう》を成し遂げられるお方だ。そんなあなたのお傍で働かせていただきたく思います』

ゼキは宰相の地位も断り、アスラーンの側近のままでいる。

ゼキの気持ちがわからないではない。彼はおそらく、オルティアを奴隷のまま死なせたことに責任を感じているのだ。それはアスラーンがエヴァに対して感じている申し訳なさ以上に、自らの価値すべてを否定しても許せないほどの後悔なのだろう。

だが、アスラーンにはテティス島をそのまま帝国の領土に入れることには抵抗があった。

そのためティオフィリア王国を復活させ、第二王女の夫であるアスラーンが兼任で王位に就いた。現在、テティス城は王城にふさわしい城に改築中だ。

「ごらんくださいませ、アスラーン様。ルザーン式の浴場が出来上がっております！」

エヴァの華やいだ声が新テティス城に広がる。

八割方改築を終えているが、真っ先に造られたのがルザーン式の浴場だった。

大理石の台も大きな石で作られ、壁には極彩色《ごくさい》のタイルが張り詰められている。エヴァはすっかり慣れた様子で大理石に横たわり、ご満悦だ。

大理石もタイルも職人も、わざわざルザーン帝国から運ばせて作らせた価値はあった。

エヴァの嬉しそうな顔を見られただけで、アスラーンも笑みが零れる。

「浴場は修道院と港近くの町にも造った。皆、おまえのように喜んでいるそうだ」

「ありがとうございます！　修道院にはルザーンから来た女性がたくさんいると聞いています。懐かしく思ってもらえるといいのですけど」

エヴァはほんの三ヶ月前、アスラーンの第一皇子ファルークを産んだ。

宰相たちの中には、エヴァの懐妊中からせっせと後宮に女を送り込んできた者もいた。だが、これから先も誰ひとり夜伽に召し上げなければ、いずれ諦めるだろう。

エヴァを守るためにも後宮は必要だ。

しかし、あわよくばエヴァや息子を殺して自分が正妃に、という女は不要である。

オルティアに比べて華奢なエヴァだが、最初の計画では、十六歳を過ぎれば大人の女になるだろう、という目算があった。だからこそ、その時期にゼキがスーレー宮殿に来られるよう調整したのだ。

サバシュはアスラーンを嵌めるために送り込んだつもりだろうが、実際にはエヴァの警護がゼキの大きな役割だった。

「アスラーン様、この城の内外装に手を入れてくださったのは、わたしのためでしょう？」

「他に何がある？」

「チャウラさんが殺されたときのことは、今でも思い出すことはあります。でも、もう大丈夫ですから。お父様たちのことも。お兄さ……いえ、ゼキさんが生きていてくれただけで、もう充分です」

エヴァは今も「ゼキさん」と呼んでいる。マリノス王子は死んだままになっているので、「お兄様」と呼ぶことができずにいた。

エヴァは今年二十歳になり、見事に咲き誇る薔薇《ギュル》のようだ。しかも子供をひとり産み、艶やかさに磨きがかかった。

妃にした当時は控え目だった胸も、今ではたわわに実っている。

エヴァのすべてが、アスラーンにとって目の保養だ。

「アスラーン様、久しぶりにお身体を揉みましょうか？」

世話係を下げると、エヴァはアスラーンの横にピッタリと張りついてくる。

「ほう、気が利くな。だが、揉むだけなのか？」

「当たり前です。浴場はそんなことをする場所じゃありませんもの」

ニッコリ笑いながら、オリーヴの油をアスラーンの身体に擦り込む。柔らかな掌が背中を上下する。

かつては、一年の半分近くを戦場で過ごしていた。やたら領地を広げることに情熱を費やし、四方八方に敵を作っていた先帝の方針だ。若いころは先陣を切っていたらしいが、晩年は皇太子任せ——結果的にアスラーン任せになっていた。

だが、そのおかげで近隣諸国の代表者と密約を交わし、即位後の全面的な支援を取りつけることができたのだから、とりあえず文句は言うまい。

そのとき、ググッと腰の辺りを強く揉まれ……アスラーンは小さな声を出して息を吐いた。

「あ……痛かったですか？」

「いや、大丈夫だ。だが、ずいぶん上手くなったな。重くなったせいか？」

アスラーンは悪戯《いたずら》半分で臀部を上下に揺らす。

「きゃ……いやだ、もう、アスラーン様の意地悪！」

上に乗っていたエヴァは悲鳴を上げて彼の背中に倒れ込んでくる。柔らかな胸が直接触れ、たちまち、躰が反応し始めた。

「エヴァ、おまえは私を誘惑しているのか？」

彼女はギュッとアスラーンの背中に抱きつき、「ダメですか？」と呟く。

ダメなはずがなく、アスラーンの口元は自然に綻んでしまう。

「でも……わたしより若い方のほうがよくなったら、そうおっしゃってくださいませ」

「なんだ、それは？」

「アスラーン様のことはいつまでも信じております。ただ、ファルーク様を産んだのだから、正妃はもう出しゃばるべきではない、治世が乱れると……」

アスラーンはびっくりして尋ねると、どうやら宰相が送り込んだ女のひとりが、エヴァにでたらめを吹き込んでいたらしい。

『後宮の女は皇子を産んだら用済みなのをご存じないの？　皇帝陛下は今、あたくしの躰に夢中なのよ。でもあなたに気遣って妾妃にもできないって。正妃を持ったことを後悔されておられたわ。ああ、なんてお可哀想な陛下』

たしかにこれまでは妃が男子を産んだら夜伽から遠ざける、という慣習もあったらしい。だが、アスラーンはここまであらゆる慣習を無視していた。

エヴァ以外の妃を娶らないと宣言したのも、かなり異質だろう。

もちろん、そんなアスラーンの気持ちは充分に理解しており、エヴァも動揺しているわけではないようだ。

「彼女が嘘をついていることはわかっています。でも……アスラーン様は若い娘のほうがお好きでしょう？」

「若い……娘？」

急に何を言い出したのか、アスラーンは開いた口が塞がらない。

「わたしの身体はどんどん大人の女になってきました。とくに、ファルーク様を産んでからは胸も大きくなってしまって。いつまでも、アスラーン様に愛される身体でいたいのですが……」

アスラーンはふつふつと怒りが沸き上がってくる。

エヴァの懐妊中も他の女に目移りしたことなどない。今も、エヴァの身を案じるあまり、以前のように飛びかかるような真似を控えていただけだ。

それなのに、『若い娘のほうがお好き』とは、ずいぶんな言われようではないか。

「エヴァ、おまえの気遣いはありがたいが、私は若い娘に興味はない」

「そうなのですか？」

「そうだ。私の興味はおまえだけに集中している。それをここで証明しておこう」

「しょう……めぇ？　あ……きゃあ！」

身体をくるりと一転させ、次の瞬間、エヴァを組み敷いていた。

「さて、一応聞いておこうか。身体に不都合は？」

「あ、ありません、けど……」

返事を聞き終える前に、唇を塞いでいた。吐息まで奪うように激しく口づける。

口腔に舌を押し込むと、エヴァはいつもおずおずと自分の舌で押し戻そうとする。その仕草がいつまでも初々しく、アスラーンの征服欲を満足させてくれた。

「ア、スラーン、さ……ま」

途切れ途切れになる声もまた愛おしい。

アスラーンは浴用着の裾から手を差し入れ、滑らかな太ももを撫で上げながら、奥の茂みへと指を這わした。

指先にぬるっとした感触を覚え、指を止める。

「なんだ、触ってもいないのに内股まで蜜液を垂らすとは、はしたないない奴め」

「アス……ラーン様の、せいで……す。だって……浴場で、こんな……あんっ、あ、あ、あーっ」

エヴァが唇を尖らせ、アスラーンの腕を摑んだ瞬間、中指をスルッと蜜窟に滑り込ませた。入れてすぐの壁を、指を折り曲げてそろそろと撫でる。

てきめん、エヴァは頤を反らせて可愛い声で啼き始めた。

「ここを触るとおまえのいい声が聞ける。あとは……こっちだな」

親指で肉芽を探り当て、軽く撫でさすった。

「あっ……ダメ、そこは……強く、触ったら……」

「ああ、なるほど。もっと強く触って欲しいんだな」

「やっ、んっ……ダメーッ！」

グリグリと押し回した直後、エヴァは太ももを閉じて全身をヒクつかせた。ハアハアと荒い息を吐きながら、ぐったりしている姿を見ると、壊れるほど抱き締めたくなる。

エヴァの姿に初めて欲情した夜を思い出し、アスラーンの雄は痛いほど屹立してきた。

(エヴァと過ごす浴場での時間は楽しかったが……。結果的には生殺しで、あの二年間は地獄だったな)

そっと口づけながら、アスラーンは躰を重ねた。

張り詰めた欲棒はグチュグチュと音を立て、蜜襞を広げながら中へと入り込む。

「あっ……あの……緩く、なっていませんか？　子供を……産んだから」

両手で顔を隠すようにして、エヴァは尋ねてくる。

どうやら、ろくでもない女はエヴァにそんな余計なひと言まで付け加えたようだ。

「まさか！　おまえの中は以前と変わらず狭くて心地よい。わたしの男根を引き絞るように締めつけ、気も狂わんばかりに夢中にさせる。……膣内の具合をもっと詳しく説明して欲しいか？」

「い、いえ……もう、いいで……やぁ、あぁん！」

膣襞がアスラーンの肉棒に絡みつき、奥へと吸い込まれるようだ。その動きに逆らい腰を引くが、悦楽に負けてまた奥へと押し込んでしまう。

何度抱いてもこの快感が薄らぐことがない。

逆に何度も何度でも抱きたくなり、アスラーンの心も身体もエヴァに支配されてしまった。

「エヴァ、エヴァ、愛してる。私は永遠に、おまえだけのものだ」

「わたしも、好きです……あ、いして、あ……あぁっ、んっ！」

絶頂に打ち震える蜜窟は、さらに男を虜にするような甘い蜜を溢れさせた。

その中には痺れ薬でも入っているかのようで、アスラーンはたちまち降参するしかなくなる。

エヴァの胎内に白濁を撒き散らし、アスラーンは至福を手に入れたのだった。

『ミュゲは元気でやっているでしょうか？　王宮の女官になるより、地方の商家に嫁いだほうがあの子にとって幸せなのはわかっていたのですけど。やっぱり、少し寂しいです』

新しい浴場で充分に戯れたあと、ふたりは新テティス城の主寝室に移動した。

今夜ばかりはファルークを乳母に任せ、アスラーンとエヴァは熱い一夜を過ごす。アスラーンが新たに作らせた大きな寝台の上でもたっぷりと愛し合い、夜も深まり、さすがに疲れたのかエヴァはすやすやと寝息を立てて眠っていた。

ミュゲの話は、エヴァが眠る前に口にしたことだ。

エヴァは今も彼女のことを信じ、彼女の幸福を願ってやまない。そんなエヴァに、ミュゲが本当は二歳も年上で、サバシュの送り込んだ女であるとは言えなかった。

無邪気を装い、エヴァを利用して出世を目論んでいた。月の物があることを知り、ヒューリャ宮殿の使いに伝えたのも、もちろん悪意だ。七日の間見張りをしていたのもミュゲだった。

彼女にチャウラのような単純さはなく、ゼキの誘惑にも乗らない。サバシュにも執着しておらず、地位と金がもらえるならアスラーンの役に立つ、と言い始めた。

そんな狡猾な魔女をエヴァから引き離すことは、アスラーンが皇帝になって最初にやったことだった。

金で買える人間は、より高い金を積む者が現れたら簡単に裏切る。

そこまで考えたとき、アスラーンの頬がフッと緩んだ。

（もう、気にするまい。あの女が私たちを煩わせることは二度とないのだから）

エヴァには可哀想だが、知らないほうが幸せな真実もある。

アスラーンは、愁いを含んだ柔らかなまなざしでエヴァの寝顔をみつめる。

エヴァが顔を動かしたとき、額に前髪が零れ落ちた。彼は指先でそっと払いのけ、瞼に口づける。

――犬を助けるような者が、帝位に就くことなどあり得ない。犬どころか人間であっても、笑って斬り殺せる者でなければ帝位など望むべくもない――。

アスラーンはサバシュに偽者の烙印を押し、処刑台へと送り込んだ。

先帝セルカン二世も同じようなものだ。医師と薬師を味方に引き入れ、少しずつ、身体を弱らせる毒を与え続けた。

そして最後に『サバシュは皇帝の死が待ちきれず、反旗を翻した。今の皇帝を守れるのはアスラーンだけ』そんな言葉でアスラーンに譲位させたのである。

かつてアスラーンの身を真剣に案じてくれた老侍従がいた。幼いころから教育係として傍にいたあの男が生きていれば、アスラーンの変化に気づいたかもしれない。

犬だろうが人間だろうが、エヴァが望み、彼女に害を与えない者ならいくらでも助けてやろう。

だが、エヴァに危害を加える者、アスラーンからエヴァを奪おうとする者には、一切の容赦はしない。エヴァを守るために手に入れた皇帝の力で、邪魔者はすべて排除する。

帝都に戻りしだい、エヴァに余計なことを吹き込んだ女は後宮から放り出す。場合によっては、この世からも消え去るだろう。

すべては、愛するエヴァのために——。

あとがき

ソーニャ文庫ファンの皆様、はじめまして、御堂志生《みどうしき》と申します。

私の文庫デビュー作をご覧頂き、お声を掛けて頂いたのが昨年春のこと。元々、重くて硬めの文章なので、乙女系を書く時は明るく甘くを心がけてきました。でも今回、気にしないでいいですと言って貰えたので、いつもよりちょっと重めの文章かもしれません。

作品の内容はシリアスですが、主役カップルは甘々ですね。アスラーンはそれほど酷い奴じゃありません！（…多分）エヴァが思いきり可哀想な目に遭ってるのは…担当様のせいだと思ってやって下さい（笑）ええ、私は止めたんです！（↑責任転嫁）

白崎小夜《しろさきさや》先生、超絶イケメンのアスラーンをありがとうございます!! まさにイメージどおりでした。さらにサバシュまでカッコよく書いてもらって…あの顔の彼があああなってしまうのは、実にもったいない！　と後悔したほどです（苦笑）

はじめましてじゃない読者様や優しく励ましてくれるお友達、そして色々相談に乗って頂き、ご指導下さった担当様と関係者の皆様、あと大切な家族に…本当にありがとう。

そしてこの本を手に取って下さった〝あなた〟に、心からの感謝を込めて。

またどこかでお目に掛かれますように——。

御堂志生

Sonya
ソーニャ文庫

この本を読んでのご意見・ご感想をお待ちしております。

◆ あて先 ◆

〒101-0051
東京都千代田区神田神保町2-4-7 久月神田ビル7階
㈱イースト・プレス　ソーニャ文庫編集部
御堂志生先生／白崎小夜先生

気高《けだか》き皇子《おうじ》の愛《いと》しき奴隷《どれい》

2014年10月8日　第1刷発行

著　者　御堂志生《みどうしき》
イラスト　白崎小夜《しろさきさや》
装　丁　imagejack.inc
DTP　松井和彌
編　集　安本千恵子
営　業　雨宮吉雄、明田陽子
発行人　堅田浩二
発行所　株式会社イースト・プレス
〒101-0051
東京都千代田区神田神保町2-4-7 久月神田ビル8階
TEL 03-5213-4700　FAX 03-5213-4701
印刷所　中央精版印刷株式会社

ISBN 978-4-7816-9539-6